最強Fランク冒険者の気ままな辺境生活？ 1

A L P H A L I G H T

紅月シン
Shin Kouduki

主な登場人物

Main Characters

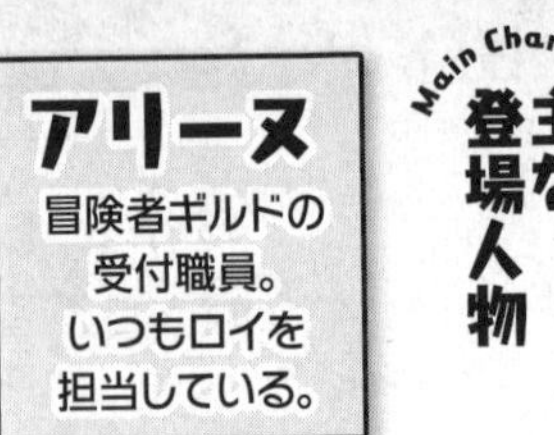

アリーヌ

冒険者ギルドの受付職員。いつもロイを担当している。

ロイ

Fランクの新人冒険者。規格外の実力を持っているのにまるで無自覚な困り者。

セリア

ルーメンの街にある小さな宿屋の娘。

グレン
『紅蓮の獅子』という
パーティーを率いる
Aランク冒険者。
フルール
『紅蓮の獅子』の一員。
自称「下っ端」だが
れっきとしたAランク冒険者。
アニエス
『紅蓮の獅子』の一員。
冒険者にして
Aランクの魔導士。

第一章　辺境の街とFランクの冒険者

辺境の街ルーメン。

魔王が倒され、各地で活気が取り戻されていく中、現在世界で最も活気に満ちていると言われるその街は、今日も賑やかすぎるほどの喧騒に包まれていた。

街角は人と物で溢れ、ここで稼がなけりゃどこで稼ぐとばかりに商人達の怒号が飛び交う。

その勢いは街のあちこちにまで波及し、大きなうねりとなってルーメン全体を覆っていた。

誰も彼もが忙しなく動き回っている。

それはここ『冒険者ギルド・ルーメン支部』にいる者達も例外ではなかった。

人と物の流れが激しいとなれば、必然的に冒険者の需要も増えるというもので、むしろ外以上に忙しく騒がしいのが、ここの常である。

だがその瞬間、ギルド内の喧騒を上回る声がその場に響き渡った。

「そこを何とかなりませんか……!?」

一体何事かと、ギルドにいた者達の視線が、五つある受付カウンターの一つに集中する。

そこにいたのは十五歳前後と見られる少女。

桃色の髪に同色の瞳、顔立ちは整(ととの)っていて、質素ではあるが清潔感(せいけつかん)のある服装をまとっている。

明らかに冒険者ギルドにいるには相応(ふさわ)しくない姿だが……その理由はすぐに判明した。

「お願いします！　薬が作れないと、母が……！」

どうやら彼女は依頼者であったらしい。

何人かが新しい依頼かと興味を示して口を閉ざしたせいか、受付で対応している女性の声がはっきりと響く。

「……こちらとしても出来れば受け付けたいのですが、さすがに無理です。確かに依頼料というものは、冒険者の方々が納得するのであればいくらであっても問題はありません。しかし……『アモールの花』を金貨一枚で、などという依頼を出してしまったら、私達の信用にも関わりますから」

聞こえてきた言葉に、大半の者達が興味をなくし、自分達の会話に戻った。

受付の女性の言っていることは正しく、常識的な対応だったからだ。

金貨一枚とは、決して安い金額ではない。一般家庭であれば三ヵ月は裕福(ゆうふく)に暮(く)らせる大金であるし、内容次第では一流を意味するＣランクの冒険者あたりでも受ける報酬額だ。
あくまで、金額相応な依頼内容ならばの話であるが。

　アモールの花は、とある秘薬の原料となることで有名な、非常に希少な代物だ。その秘薬の効果は凄まじく、大半の病を癒す万能薬とされ、取引額は金貨百枚以上とも言われている。

　そんな花を金貨一枚で採ってくるなど、到底無理な話だ。少なくともギルドとしては、こんな依頼を受け付けることは出来まい。

「っ……どうしても、無理なんでしょうか……？」

「……少なくとも、ギルドとして仲介することは出来ません。冒険者の方が直接請け負うのでしたら、問題はありませんけれど……」

「っ……!?」

　少女は期待に縋る顔で振り向いた。

　……しかし、成り行きを見守っていた数少ない者達も、その必死な視線から逃れるように顔を逸らす。どう考えても、割に合わない依頼だ。

「あっ……」

　状況を理解したのか、少女は唇を噛み締め、受付の女性へと頭を下げた。

「……分かりました。ご迷惑をおかけして、すみませんでした……」

「……いえ。こちらこそお力になれず申し訳ありません」

やるせない光景を見た何人かが、憐憫と共に溜息を吐き出した。

あの少女の依頼を誰も受けなかったことに対してではない。彼女がこれから辿る運命を想像したからだ。

少女の目に、諦めはなかった。彼女はおそらくこの後、自分一人でアモールの花を採りに行くのだろう。

……あれは、そういう目だ。

アモールの花を採るのが可能か否かで言えば、不可能ではない。

実際、ルーメンの近くには、アモールの花が咲いている場所がある。

だがそれは、容易に採れるということを意味しない。もしもそうならば、誰かがとっくに採りに行っているはずだ。

あの少女も、そんな状況を理解しているからこそ、冒険者に依頼を出そうとしたのだろう。

とはいえ、今の彼女に忠告したところで意味はあるまい。

それでも諦められないだけの理由があるのは、先ほどの叫び声と、何よりもその目を見れば分かる。

冒険者とは慈善活動ではないのだ。責任を取れない以上は手を差し伸べるべきではない。

だから、誰もが黙って彼女を見送るしかなかった。

と、その時であった。ギルドの入り口の方から、どことなく気楽そうな少年の声が響いたのだ。

「あのー。誰も受けないんでしたら、僕が受けてもいいですか？」

「――え？」

少女を含め、状況を見守っていた全員の視線が、声の方向へと向けられた。

いつの間にか、ギルドの入り口に一人の少年が立っていた。

黒い髪に、黒い瞳。年齢は少女と同じか、少し上くらいに見える。

その珍しい髪の色合いに、あるいは単に先ほどの言葉に驚いたのか、少女は呆然としたまま少年に見入る。

返事をしない少女の代わりとばかりに、受付の女性が少年へと声をかけた。

「……ロイさん、いらしてたんですね」

「ええ、ちょうど来たところです。ただ、話は大体聞いてました。要するに、採取依頼ですよね？ それなら僕でも受けることは出来ると思うんですけど……」

ロイと呼ばれた少年に受付の女性が何か応えようとしたが、それよりも先に件の少女が口を開いた。

「ほ、本当ですか⁉ 本当にわたしの依頼を受けてくれるんですか⁉」

「僕でよければ、ですけどね。実はFランクなので、絶対に依頼を達成出来るとは言えないんですが……」

Fランクとは、要するに冒険者になったばかりの新人だ。

実績は皆無で、実力も保証されない。普通ならば積極的に依頼を出したいとは思わない相手である。

少女もそのくらいのことは知っているはずだが、関係ないとばかりに首を横に振る。

「いえ……誰にも受けていただけないと思っていたところでしたから、そう言ってくださるだけで嬉しいです！」

「うーん、そこまで喜ばれちゃうと、今度はプレッシャー感じちゃうんだけどなぁ……」

本当に嬉しそうな少女の表情を見て、ロイも満更ではなさそうだった。

そんな二人のやり取りは、傍から見ている分には微笑ましいくらいだが……ここは己の腕一つで日々の糧を得る荒くれ者達が集う冒険者ギルドである。

そこにあるのは冷静な目でしかない。誰かがポツリと呟いた。

「……死体が一つ増えたか」

だがそんな声など聞こえていないらしく、少年はこの先に待ち受ける暗い未来のことなどまるで想像していないかのような呑気な顔で、受付の女性へと視線を向けた。

「で、僕受けちゃって大丈夫なんですよね？」

「……そもそもギルドは仲介を断りましたから、ロイさんがよろしいのでしたら、こちらとしては何の問題もないのですけれど――」

「――まあいいんじゃねーか？　そいつにはちょうどいいだろうよ」

どこか歯切れの悪い女性の言葉を遮って、新たにこの場に現れた男が口を挟んだ。

意外な人物の登場に、ギルドの中に僅かなざわめきが広がり、周囲の注目が増す。

彼に気付いた受付の女性が、僅かに眉をひそめる。

「……グレンさん」

彼女の口調に苦いものが混じっているのは、ある意味当然である。

燃え盛る炎のような赤い髪と瞳を持つその男は、おそらくこの街で最も有名な冒険者――グレン。

超一流の証でもある冒険者ランクAを所持し、時にこの街最強の冒険者などと言われる人物である。

そんな男が、少年のやろうとしていることを保証してしまったのだ。これではギルドとしてはもう口を出せない。

基本的に、ギルドと冒険者との関係はギルドの方が立場は上なのだが、それでも、グレンほどの者の言葉を蔑ろにするわけにはいかない。

受付の女性は少し恨みがましい目でグレンを一瞥し、それっきり口を閉ざした。

　しかし、そんな事情を知ってか知らずか――おそらく知らないのだろうロイが、無邪気に口を開く。

「ありがとうございます！　正直、受けて大丈夫かあまり自信はなかったんですが、グレンさんにそう言ってもらえるなら、大丈夫そうですね」

　グレンはそんなロイを見つめ、口の端を吊り上げて笑う。

　その目に怪しげな光を浮かべながら。

「はっ、そうだな。自分じゃどんな依頼が相応しいかも分からないひよっこに、オレがお墨付きを与えてやるよ」

　その声から滲む感情にはまるで気付いていない様子で、少年は素直に笑みを浮かべる。

「はい、本当にありがたいです！」

　つまらなそうに鼻を鳴らすグレンを横目に、ロイは少女に向きなおった。

「えっと、そういうわけで、僕が受けようと思うんですけど……本当に僕で大丈夫ですか？」

「はい、もちろんです！　……と言いますか、こちらこそ、本当に受けていただいていいのですか？　その、採取依頼は採取依頼でも、ただの採取依頼ではないのですが……」

「ああ、その辺は聞いていたので大丈夫です。ただ、理由までは聞いていなかったので、出来れば教えてほしいですが」

「あ、はい、分かりました。えっとですね――」

そんな二人のやり取りを聞くともなしに耳に入れながら、グレンはゆっくりと視線を移動させ、入り口のすぐ横にあるコルクボードに目を向けた。

そこにはたくさんの依頼票が貼ってある。

それらはまだ誰も請け負っていないもので、種類も様々だ。

討伐、調査、配達、護衛……そして、採取。

グレンはその採取依頼の一つに目を留め、鼻を鳴らした。

「ふん……」

「なるほど……アモールの花は身内が摘むと効力が高まるから、同行する必要がある、と」

そんなグレンの様子には気付かないまま、少女の話を聞いたロイが確認するように呟いた。拒否されてしまうことを恐れてか、少女が僅かに顔を強張らせながら頷く。

「は、はい。母の病を治すにはそこまでしなければ難しいとのことで……。あの、足手まといにしかならないのは分かっていますし、難しそうなら……」

「いえ、確かに僕は冒険者になったばかりですが、これでも魔物との戦いはそこそこ経験がありますから。多分大丈夫だと思います。絶対とは言えませんけど……」

「いえ……受けていただけるだけで、本当にありがたいので……。あ、そういえば、自己紹介がまだでしたね。わたしはセリアって言います」

「ああ、そういえばそうでしたね。僕はさっきも呼ばれていた通り、ロイって言います。えっと……じゃあ、よろしくってことでいいですか、セリアさん？」

「あ、セリアでいいですよ？　それと、わたしの方がお願いする立場なんですから、普通に喋ってもらって大丈夫です」

「んー、むしろ、依頼主の方が立場は上な気がするんだけど……まあ、その方が僕としても気楽だからいっか。じゃあ、そういうことでよろしくね、セリア」

「はい。こちらこそよろしくお願いします、ロイさん」

そうして、依頼人と冒険者という関係にしては悪くない雰囲気のまま、二人が歩き出すのを横目に、グレンは先ほど見ていた依頼書をもう一度眺め、再度鼻を鳴らした。

そこにはこう書かれている。

アモールの花の採取依頼――依頼料は金貨千枚。受注条件は、最低Ａランクであること。ただし、Ａランク冒険者六人のパーティーで挑むことが望ましい。

しかし、そんな記述にはまるで気付かず、ロイとセリアはギルドを後にしたのであった。

ルーメンの街を出て西に歩くこと、約三十分。

目の前に広がるのは、広大すぎる大森林だ。

今まで人類が探索出来た範囲は、ほんの一部でしかないと言われるその森は、貴重な植物の宝庫となっている。

薬草や秘薬、他にも様々な物の原材料となる素材の採取が可能であり、文字通り宝の山である。

にもかかわらず、ここが〝魔の大森林〟などという物騒な名で呼ばれるのは、金になるという以上に危険だからだ。一般人が間違えて足を踏み入れたら最後、二度と戻ってこられないと言われるほど、その森は危険に満ち溢れている。

そんな話を、ヤリアも母から散々聞かされていたのだが……

もしかしたら、アレは半分以上脅しだったのかもしれない——彼女はそう思って首を傾げた。

何しろ、森に入って十分以上経過しているというのに、危険な場面には一度も遭遇していないのだから。

正直なところ、彼女はFランクの冒険者とここに来るのがいかに無謀かは理解していたつもりだった。

死ぬかもしれないし、あるいはロイに酷いことをされるかもしれないと、覚悟もしていた。

それが分かってはいても、セリアには他の方法を選ぶ余裕はなかったのである。

だからこそ、最初は色々な意味でガチガチに緊張していたのだが……こうして何も起こる気配がないとなれば、そんな状態も長続きはしない。

それに、冒険者なんてやるのはならず者ばかりだと聞いていたのに、依頼を受けてくれたロイは、街にいそうな普通の少年にしか見えなかったというのもあった。

自然と緊張はほぐれ、少しずつ会話が増えていく。

そうして打ち解けて話せば、この少年の人となりを多少なりとも把握するには十分で、セリアがロイのことを信頼出来ると思うようになるのに、それほどの時間は必要とはしなかった。

もっとも……彼に縋らざるを得ないほど、セリアが精神的に追い詰められていただけなのかもしれないが。

ともあれ、そうして話をしているうちに、どうしてこんな依頼をすることになったのかという話題になり――

「そっか……それで、お母さんが病気に」

「……はい。もっと早い段階で療養していれば、他の方法でも何とかなったらしいのですが……。母はわたしにも気付かせないように無理していたせいで、余計に悪化してしまったらしく……」

「その結果、秘薬が必要になっちゃった、か」

「本当は、もっと早くにわたしが気付くべきだったんだと思います。母がそこまで頑張らなければならなかったのは、間違いなくわたしのせいですから。……そんな風に言ったら、母は怒ると思いますけど。わたしのせいなんて、思ったことはない、って」

セリアは父親の顔を知らず、母親に育てられてきた。

女手一つで大変だったはずなのに、セリアの記憶にある母の顔は、いつだって笑みを浮かべていた。怒られた記憶なんてほとんどない。

どんな時でも自分よりもセリアのことを優先してくれた優しい母——彼女を助けるためなら、いかなる苦難も乗り越えられる。だからこそ、危険と言われているこの森に来たのだ。

そんな思いが伝わったのか、ロイはセリアに優しい目を向けた。

「……いいお母さんなんだね」

「はい！　自慢の母です！　尊敬も感謝も、いっぱいしています！　うちって、皆さんからの評判も良いんですよ⁉　……そこまで繁盛してるってわけでは、ないんですが」

「確か、宿屋をやってるんだっけ？」

「はい。大通りからは外れたところにありますし、決して大きいとは言えない宿ですが……わたしの大好きな家です」

従業員も雇っていない、こぢんまりとした宿だ。セリアの母がほぼ一人で切り盛りしているせいもあって、大きな宿と比べれば、多分サービスも良くはないだろう。

セリアも出来るだけ手伝うようにしているものの、そこまで役に立てている自信はない。

でも、母があの宿を大切にしていることだけは知っている。

だから、母が元気になったらまた一緒にあの宿で働くためにも、まずはアモールの花を探す必要があるのだが……

「――っと、ちょっと待った」

周囲を見回してそれらしい花を探していたセリアを、不意にロイが呼び止めた。

「はい……？」

いよいよ魔物でも出たのだろうかと思い、セリアは足を止め、僅かに身を強張らせる。

……どうやら彼女の予想は当たっていたらしい。

その直後、五メートルを超す巨体が眼前に現れた。熊によく似た外見ではあるが、これほど巨大な熊はいない。全身を覆う血のように赤い体毛は、この森にやってきた者達の血を吸っているからだと言われても素直に信じそうなくらいだ。

その姿を見た瞬間、セリアは死を覚悟した。

母の言っていたことは脅しではなく、事実だったのだと気付き――

直後、魔物の頭部が消失した。

「……へ？」

セリアが思わず間抜けな声を漏らしたのと、気楽な声と共にロイの身体が魔物のすぐそばに着地したのは、ほぼ同時であった。

「よ、っと」

少し遅れて、思い出したかのように、魔物の首から血が噴き出す。

何が起こったのかをすぐには理解出来ず、セリアは呆然とその姿を見つめた。

そんな彼女を横目に、落ち着いた様子で死体の見分を始めるロイ。

「んー、出来れば魔物の死体はしっかり血抜きした後で持ち帰れってグレンさんには言われたけど……さすがにこの状況じゃあ、そんなことやってる暇はないかな？　まあ、ちゃんと大半の形は残したし、これで十分でしょ」

状況を考えれば、魔物を倒したのはこの少年ということになる。

だが……と、セリアは首を捻る。

〝魔物〟という名は伊達ではなく、最弱の魔物相手を追い払うだけでも一般人の大人では四、五人は必要だと聞く。

ロイがＦランクならば、冒険者になったばかりなのだろうし……いや、そういえば、魔物との戦いはそこそこ経験があると言っていたか。

あれこれ思案を巡らせるセリアに、ロイが不思議そうな顔を向けた。

「どうかした？」

「あっ、いえ……何でもありません。少しだけ、驚いてしまって」

「あ、もしかして、血に慣れてなかった？　ごめんね……気を遣えなくて」

そう言って頭を下げる少年の姿は、先ほどまでと何の変わりもない、気楽なものだ。

つまり……この程度は冒険者や兵士などにとっては朝飯前で、駆け出し冒険者の彼にとっても当たり前に出来ることなのかもしれない。

「えっと、血に慣れていないのもありますが……魔物ってこんな簡単に倒せるものなんですね？　魔物というものは恐ろしくて、討伐するのは大変だと聞いていたのですが……」

基本的に、魔物は身体が大きいほどに強いと言われている。五メートルもあれば相当なはずだ。

「いや、単にこの魔物が弱かっただけだと思うよ？　多少魔物と戦った経験があるといっても、僕は所詮、Ｆランクだからね」

「そうなんですか？　あの特徴的な体毛の色などから、マッドベアーかとも思ったのですが……さすがにないですよね」

マッドベアーとは、超一流のＡランクの冒険者でも六人程度で挑まなければ倒せないとされる、強大な魔物である。しかし、Ｆランクのロイが一人で倒してしまったのだから、きっと似ているだけの別の魔物だったに違いない。

釈然としないものを感じながらも、自分が聞きかじった知識よりも、戦闘経験のあるロイの言葉の方が正しいのだろうと、セリアは無理やり納得した。

「さて、とりあえず先に進もうか。魔物が出てきたってことは、ここからはもう少し警戒しておいた方がいいかもね。正直、気配を察知するのはそこまで得意じゃないんだけど」

警戒するなどと言いながらも、まったく気負いなど見せないロイの姿を、セリアは頼もしく思った。同時に、興味と疑問も覚える。

「その、魔物と戦った経験があるということですし、実際、慣れているように見えるのですが……ロイさんは冒険者になる前は一体何をしていらしたのですか？」

少々不躾な質問ではあったし、答えは返ってこないかもしれないとは思ったものの、つい尋ねていた。しかし、意外にも少年は素直に口を開く。

「んー……実は、僕って少し前まで魔王討伐隊にいたんだよね」

「え……そうなんですか？」

百年ほど前に発生し、約一年前にようやく終わりを迎えた、魔王と呼ばれる存在との戦争。

その立役者となったのが、魔王討伐隊だ。

各国の精鋭達が集められた、まさに人類最強の混成部隊である。

生まれてこの方ルーメン以外の街に行ったことのないセリアでも、さすがにその名前は知っていた。

……だから、正直そこにこの少年がいたというのは意外でしかなかった。

そうは見えない、というのもあるが――

「それならば、何故Fランクなんですか？」

冒険者になる理由は様々。一口に駆け出し冒険者と言っても、経歴や実力も人それぞれだ。そんな理由もあって、最初のランクは以前までの経験をある程度考慮に入れて決まると聞く。

魔王討伐隊にいたのならば、もっと上のランクから始まってもおかしくない。

「いやー、それが、僕自身どうして魔王討伐隊に入れられたのかが分からないくらいだからね。実際、僕はあそこで雑用みたいなことしかしてなかったし」

ロイは少し恥ずかしそうに頭を掻く。

「雑用、ですか？」

「うん。魔物と戦う時は、いつも一人だけだったからね。遊撃、って言ったら聞こえはいいけど、多分僕だけでも対処出来るような〝比較的どうでもいいの〟が、あてがわれてたんだと思う。他の人達はまったく違う場所で戦ってたらしいしね」

「それは……雑用というよりも嫌がらせでは？」

「さすがにそんなことをするほど余裕があったとは思えないから、あれはあれで意味があったんだと思うよ？　ただ、そうこうしているうちに勇者って人が魔王を倒したらしくてさ」

つい去年のことだし、辺境の街であるルーメンも大騒ぎだったので、セリアもよく覚えている。本当に魔王は倒されて、戦争が終わったのだと実感した。

あれ以来、ルーメンにも一気に人が増えて、随分賑やかになってきている。

「で、まあ、そんな感じだったから、正直、僕はあの戦争にそれほど貢献出来たって実感がないんだよね。というか、実際あんま貢献出来てなかったんじゃないかな。なんか気付いたら終わってたって感じだし。それで、冒険者になった時も魔王討伐隊の話はしなかったんだ」

「それで、Ｆランクから、ということですか……」

納得出来るような出来ないような……そんな話であった。

とはいえ、セリアがどう思おうが、少なくともロイ自身はそう考えているらしい。

「そういうこと。――っと」

会話を続けながら、ロイの右手が動き――二人の進行方向で魔物が倒れ伏した。魔物の首から上は存在していない。

セリアに分かったのはそれだけだった。

「んー、予想通りと言うべきか、魔物が出てくるようになったね」

「そうですね。……まあ、わたしとしては、それよりもやっぱりロイさんは凄いと思いましたが」

「だから、ちょっと慣れてるだけだって。他のFランクの人は分からないけど、多分Eランクくらいになれば皆同じようなことが出来るんじゃないかな？」

照れくさそうに首を振るロイを見て、セリアは感嘆の溜息を漏らす。

「そうなんですか……？　やっぱり冒険者さんって凄いんですね……」

セリアは冒険者のことを間接的にしか知らない。

色々と悪い噂もあるが、今のルーメンの繁栄は間違いなく冒険者のおかげだとも聞く。様々な依頼を受けてくれ、何より周辺の魔物をしっかり倒してくれるからこそ、商人達も安心して街に来られるのだと。むしろ悪く言われているにもかかわらず、そこまで頼られているのだから、相応の実力があるということなのだろう。

セリアからすればロイの時点で十分驚きなのだが、これでもまだFランクからEランク程度とは、本当に冒険者とは凄いのだと思った。

とはいえ、戦う力が求められているのは何も冒険者だけではない。

たとえば、各国の兵士や騎士などは収入も安定している上に人からの評判も良いのに……何故ロイは冒険者になったのだろうか。貢献出来なかったと言っても、魔王討伐隊に参加していたのならば、そういったところから呼ばれることもあったはずだ。

だが、さすがにそれを聞くのは踏み込みすぎというものだ。依頼者と冒険者の関係を完全に超えてしまっている。

冒険者になるのは基本的には〝訳有り〟な人ばかりだという。

一見すると普通の少年にしか見えないロイにも、何かあるのかもしれない。

セリアは歩きながらそんなことを考えていた。

時折魔物と遭遇するが、ロイが瞬殺（しゅんさつ）してしまうため、何の問題もなく、二人は雑談を交しながら先へと進んでいく。

……そうしてしばらく森の中を歩いていると、不意に視界が開け、目の前に広場のような空間が現れた。

「っ……！」

セリアが目を見開いたのは、その場所に驚いたからではない。

広場の中心部に咲いている、一つの花――七色に輝く不思議な色合いのそれに、目を奪（うば）われたのだ。

「かなり特徴的な花だけど……もしかして、アレが？」

「……はい、おそらくそうだと思います。わたしも、七色に輝いているから、一目見れば分かるとしか聞いていませんので、正直見分けられるか自信がありませんでしたが……あれで間違いないかと思います」

セリアはこの情報を、母のことを診ている医者から教えてもらった。散々危険だと言われたが、どうしてもと拝み倒し、その特徴と生息場所を聞き出したのだ。

あそこまで特徴的なものならば、さすがに別物とは考えにくかった。

「だよね。ならこれで無事依頼は達成出来そうかな」

「……はい」

セリアは思わず頭を下げて安堵しそうになったが、まだ早いと思い直す。

採取出来たわけではないし、帰りもあるのだ。行きの様子を見る限りは心配なさそうとはいえ、油断は禁物である。

はやる気持ちを抑えて、彼女は大きく息を吐き出す。

「それでは、早速採ってしまいましょう。もたもたしていたら、魔物に襲われるかもしれませんから」

「だね。まあそうなっても、僕がしっかり――」

その直後、アモールの花のところへと行こうと一歩足を踏み出したロイの姿が、唐突に消えた。

一瞬遅れて、セリアの真横で轟音が響く。

何が起きたのか、彼女は理解することが出来なかった。

「……え？　ロイ、さん……？」

呆然と呟き、周囲を見回すが、彼の姿は見当たらない。

ただ……その代わりに、直前までロイの立っていた地面が大きく抉られており――

『ふんっ、道理で騒がしいと思えば……また愚物共が騒いでいたのか。しかと警告していたつもりだったが……どうやら無駄だったようだな』

声が聞こえてきた方向に反射的に視線を向けたものの、声の主の姿が見えず、セリアは眉をひそめる。

視線の先にあるのは森の木々だけで――否、そこで彼女は気が付いた。

見えないのではない。大きすぎるあまり、見えているということに気付いていなかっただけなのだ。

『まあ、いい。理解していようがいまいが、どちらにせよ同じだ』

彼女は視線を森のさらに上へと向ける。

首が痛くなるほどに見上げ……そうして初めて、そこに何がいるのかを理解した。

全長二十メートルはある、巨大な――いや、巨大すぎる、白い体毛を持つ虎のような魔物だ。

『――我の庭を荒らしたモノには、死、あるのみよ』

瞬間、目が合ったことに気付き、思わず唾を呑み込む。

消えたロイがどうなったのかなど、今の彼女に考える余裕はまるでなかった。

セリアは自分はここで死ぬのだと直感して、自然とその場にへたり込んでいた。

逃げようとしたところで、逃げられるはずもなく、死ぬのが遅いか早いかの違いだけ。

それを理解してしまった以上は、身体の力が抜けるのも当然である。

しかし、呆然とその巨大すぎる存在を見上げながら、ふとセリアの頭に疑問が浮かんだ。

――どうして自分は未だに死んでいないのか。アレからすれば、武器も持たない女一人殺すことなど容易(たやす)いはずだ。それなのに、何故――

「……どうして、ですか？」

疑問はそのまま口をついて出た。

変わらず恐怖はあるが、一方で、どうせ何をしても結果は同じなのだからと、開き直ってしまったのかもしれない。

「どうして、わたしを殺さないんですか？」

続けた言葉に、返ってきたのは鼻を鳴らすような音であった。

『何故我が貴様を殺さねばならない？　我は無駄な殺生(せっしょう)を好まぬ』

「え……？　でも、ロイさんは……」

てっきり彼は殺されたのだとばかり思っていたのだが、そうではなかったのだろうか。

しかし、一瞬湧(わ)き上がったセリアの希望は、直後に粉々(こなごな)に砕(くだ)かれた。

『言ったであろう？　無駄な、とな。我の庭を荒らす不届き者を処分することは、無駄にはならぬ。貴様を放っておいているのは、貴様はそうではないと判断したがゆえよ。それとも……貴様もそんな不届き者だというのか？』

ここで頷いてしまったら、セリアもあっさり殺されてしまうのだろう。

それはもちろん、嫌である。死にたくはないし、母も助けたい。

しかし──

「……はい、そうです。ロイさんがここを荒らした不届き者だというのでしたら……依頼人であるわたしも同罪です」

ロイは、誰も受けてくれなかった依頼を受けてくれたのだ。自分の命惜しさに、そんな彼を裏切るような真似は、セリアには出来なかった。

それでも、許されるならば……一つだけ、願いがある。

「……罰から、逃げるつもりはありません。ですが……もし許されるのでしたら、あの花を摘ませていただけませんか？　そしてどうか、近くの街に届けることをお許しください」

死にたくはないけれど、助かる道が存在しないのであれば、せめて母だけでも救いたかった。

それならば、ここまで連れてきてくれたロイに、多少なりとも報いることになるだろうから。

返答は、すぐにはなかった。

ジッとその姿を見つめながら……セリアはやはり無理だろうかと思う。

彼女はこの魔物について、心当たりがあった。

〝我の庭〟という言葉や、セリアでも理解出来るほどの重圧、何よりも人語を操る高度な知能を持つことから考えて、おそらくこの森の主と呼ばれる魔物だ。

この周辺に魔王の手が伸びなかったのも、そんな恐るべき魔物がいたせいだと言われている。

『──ふむ。よかろう』

「えっ……ほ、本当ですか⁉」

一瞬、願望による聞き間違いだと疑い、セリアは思わず聞き返した。

しかし、そんな態度は不敬だと言わんばかりに、魔物は不快そうに鼻を鳴らす。

『ふんっ……何に使うのかは知らぬが、どうせ我には必要のないものよ。そんなものを出し惜しむほど、我の器は小さくない』

「あ、ありがとうございます……！」

『──だが、無論対価はもらう。必要がないとはいえ、我のものであることに変わりはない。ならば、貴様が見返りをよこすのは当然であろう？』

それは道理であった。勝手に自分のものだと言っているだけでしかないが、力は正義だ。力を持たないセリアは、どれだけ勝手に決められたルールであろうと、従わざるを得ないのである。

とはいえ――

「……ごもっともだとは思いますが、生憎わたしには対価として差し出せるものがありません」

『いいや？　そんなことはないとも。――貴様には、貴様の全てがあろう？　その肉、その血、その魂……そして、苦痛と絶望。全てをよこせ。貴様は死に至るその瞬間まで、我に食われ続け、我を楽しませるがいい。そうして見事果たすことが出来たのであれば、貴様の望みを叶えてやろう』

「っ……本当、ですか？」

『案ずるな。約束は守る』

その言葉が嘘でない保証はなかったし、そもそも今言われたようなことを自分が出来るとも思えない。

けれど……他に方法はなかった。

「……分かりました。では、それでお願いします」

『くくっ、では契約成立だな』

これから自分を襲う苦痛を想像し、身体が震えてくる。恐怖で逃げたくなる。

でも、彼女は自分で決めたのだ。

母だけは絶対に助ける、と。

「それでは……まずは、あの花を失礼しても――」

身体の震えを必死に抑えながら、セリアは立ち上がり、一歩踏み出す。

その、瞬間。不意に彼女の身体を、影が覆った。

一体何事かと、反射的に顔を向け――固まった。

「――え？」

そこにあったのは、巨大な前足であった。あの魔物のそれが、頭上から今にも振り下ろされようとしていたのだ。

だが、そんなことをする必要性が見出せない。何よりもこの状況はまるで――

『ああ、約束は守るとも。約束は、な』

嘲笑うかのような響きと共に言葉が告げられた。

そこでようやく、セリアは何を言われているのかを理解した。

彼女が食われ、楽しませることが、あの花を手にするための対価である。ならば……その前に彼女が死んだら――殺されたら、あの花を渡す理由もなくなるのだ。

そんな、ふざけた――

『――くかか。本当に貴様らは愚物よな。我は西方の支配者ぞ？　その我が貴様らにくれてやるものなど、何一つとして存在するわけがあるまい』

セリアには魔物の表情など見分けられないけれど、それでも今この魔物がどんな表情を浮かべているのか理解することが出来た。

それは、嘲笑だ。そして、愚かでちっぽけな存在を叩き潰す、愉悦の表情である。

直後、巨大な前足が振り下ろされた。

セリアは何もすることが出来ない。

ただ……最期に、ごめんなさいと。

誰に対してのものか分からない言葉が浮かんだ。

「……納得いかないっす」

冒険者ギルド、ルーメン支部。

セリアとロイが去り、いつも通りの騒ぎの戻ったそこに、不意にポツリと声が響いた。

声の主は、栗色の髪に同色の瞳を持つ一人の女性だ。

外見は若く、二十歳前後といったところだが、纏っている雰囲気は素人離れしている。

だが、それも当然である。彼女の冒険者ランクは、A。

超一流の冒険者であるこの女性――フルールは、隣にいる強面の男を睨みつけながら、もう一度同じ言葉を口にした。

「納得いかないっす！」

フルールが所属するパーティーのリーダーでもあるその男――グレンは、面倒くさそうに溜息を吐き出した。

「納得いかねえって……何がだよ？」

「そんなの、決まってるじゃないっすか！　さっきの子達のことっすよ！　あんなの見殺しも同然……いえ、それより酷いじゃないっすか！」

「まあ確かにー、一理あるわよねえー」

緊張感のない声で同意を示したのは、二人のパーティーメンバーでもあるアニエスだ。

妖艶な身体つきをした女性で、Aランクの冒険者にして、魔導士ギルドからもAランクを与えられている実力者である。

「Fランクの冒険者にアモールの花を採りに行かせるなんてー、死ねって言ってるのと同義だものねえー」

「そうっすよ！　アレって、あちし達でも採れるか分かんないってやつじゃないっすか⁉　だからこそ、金貨千枚なんていう馬鹿げた金額の依頼が出ているのに、誰一人として受けてないんすから！」

Aランクの冒険者にとっても、金貨千枚は破格だ。たとえ危険な依頼でも挑む価値は十分にある。

にもかかわらず放置されているのは、それが金貨千枚ですら割に合わない、危険すぎる依頼だということを意味するのだ。

「……アモールの花がある場所は、魔の大森林の主の棲息域だって噂があるくらいだからな。実際、今まで生きて帰ったやつは一人もいねえ……アレは、そういう依頼だ」

「っ……分かってるのに、どうしてっすか⁉　リーダーはあの時止めるべきだったんじゃないんすか⁉　確かに、基本的に冒険者は何をするにも自己責任っすけど……どうして後押しするような……⁉」

激昂するフルールに、グレンはなおも面倒くさそうに溜息を吐き、まるで駄々をこねる子供を見るような目でフルールを見る。

「じゃあ、テメェは一体どうしたいってんだ？　仮に今から追いかけたところで、どう考えたって手遅れだぜ？」

「っ……それは……そうっすけど……」

フルールは何とも言えない顔で俯く。

結局のところ、彼女が腹を立てているのは自分自身なのだ。

おかしいと感じていても、グレンにも何か考えがあるのだろうと思って、何もしなかった自分に。

それでもやっぱり納得がいかなかったから、今更騒ぎ立てる。

……そんな中途半端な自分がまた腹立たしい。

唇を噛むフルールを横目で見ながら、アニエスが意味深に微笑む。

「ふふっ……グレン、意地悪してないで、そろそろ教えてあげたらどうー？」

「……えっ？　どういうことっすか？」

思わぬ言葉にフルールは顔を上げた。

視線を向けられたグレンは、顔をそらしながら舌打ちを漏らす。

「別に意地悪してたわけじゃねえよ。どうせ言ったところで分かんねえだろうなって思ってただけでな。フルールがアイツと会うのは、今日が初めてだしよ」

「……どういうことっすか？」

同じ言葉を繰り返すフルールに、グレンも再度舌打ちして応える。

「……マッドベアー、シャドウイーター、レッドワイバーン、グリーンスライム、サイクロプス。何のことか分かるか？」

「……？　魔の大森林に棲息してる魔物。あちし達でも一対一じゃ勝ち目がないようなやつらじゃないっすか」

「そうだけど、そうじゃねえ」

「ふふ……あの子がここに来た初日、討伐してきた魔物よー」

「……は？」

一瞬、何を言っているのか分からないといった顔をするフルールだが、グレンとアニエスの表情は真剣そのもので、ふざけて冗談を言っている様子ではない。

……その意味するところを理解したフルールは、ごくりと唾を呑み込んだ。

先ほど挙げられた魔物は、彼女達Aランク冒険者がパーティーを組んで、入念に準備をした上でならば何とか倒せるレベルの相手である。

それとて、あくまで一体だけを標的とした場合であって、全てを一日で討伐するなど到底不可能だ。

しかし先ほどのアニエスの言葉が事実ならば――

「……Fランク、なんすよね？　何でっすか？」

「オレが知るわけねえだろ。……まあ、予想は付くがな」

フルールは当然の疑問を口にした。

「……何者、なんすか？」

呆然と呟くフルールの前で、二人は肩をすくめてみせる。

「それを知りたいのは私達の方で、きっとギルドも同じでしょうねえー」

それからグレンは、遠くを眺めるように目を細めながら、ポツリと呟いた。

「……ま、正直アイツなら、魔の大森林の主を狩ったところで驚きやしねえがな」

「――なんていうかまあ、見事なまでに魔物らしいやり方って感じだよね。まあ、むしろクソ野郎っぽいって言うべきかもしれないけど」

その声が聞こえたのと、轟音が響いたのはほぼ同時であった。

セリアは恐怖で瞑っていた目を反射的に開く。

瞬間、彼女の目に映ったのは、振り下ろされたはずの魔物の前足の大部分が、ごっそりと消失している姿だ。

僅かに遅れて傷口から鮮血が噴き出し、混乱と怒りが混ざったような声が響いた。

『っ、なっ……なっ⁉　ば、馬鹿なっ……⁉　我の身体が……⁉　い、一体何が……⁉』

「んー、そんなに驚くことかな？　当ててくださいって言わんばかりの大きさなんだから、そりゃ、普通に攻撃されるだろうに」

「……っ」

先ほどから聞こえてくる声が誰のものであるのかは、確かめるまでもなく分かった。

それでも信じられず……彼女は振り向いた先に見えた少年の名をたどたどしく呟く。

「ロイ、さん……？」

「や、さっきぶり……なんてね。いや、怖い思いさせちゃって本当にごめん。やっぱり駄目だね、警戒は苦手で……ってのはまあ、言い訳にもならないんだけど」

気楽に謝罪を口にするその姿は、やはりさっきまでと同じロイにしか見えなかった。

しかし、まさか隙を突くために隠れていたわけではあるまいし、その言葉からも察するに、おそらくあの魔物の攻撃を受けたはずだ。

なのに、彼の身体には傷一つ見当たらない。

それに、魔物の前足を消し飛ばしたのも、この少年の仕業なのだろう。

確かに、彼はここまでの道中で遭遇した魔物を難なく倒してきたが、あの魔物はそういうもの達とは比べ物にならない。それがセリアにも分かるほど、圧倒的だ。

噂に聞く魔王にすら匹敵するかもしれない、そんな魔物である。

「ま、このままじゃ格好が付かないし、何よりも依頼と受けた冒険者として失格になっちゃうからね。名誉挽回させてもらうとしようか」

『っ……ほざけ、愚物が……！　何をしたのか知らぬが、油断した我を傷つけた程度で、図に乗るなよ……⁉　西方の支配者たる我の前では、貴様なぞ――』

「――うん。話が長い」

魔物の激昂など意に介さず、ロイは右手に握った剣をその場で振るった。

しかし、いくら剣の長さがあっても、当然、あの巨体に届く距離ではない。

そのはずなのだが……

直後、魔物の左肩が、ずれた。

そのまま冗談のように滑り落ち、鮮血が噴き出す。

『づっ、なっ、ばっ……⁉　貴様……⁉　一体、何を……⁉』

「何って言われても……自分で言ったそばから油断してたから、普通に斬っただけだけど？」

さも当たり前のような顔でロイは言うが、無論普通ならありえない。

セリアも常識には疎い方だという自覚があったものの、冒険者だとか一般人だとか、そういうのとは関係なく、さすがにこれがどれだけ常識外れかは分かる。

「さ、とりあえず、とっとと終わらせようか。今回の依頼はアモールの花の採取が目的であって、わけの分からない魔物を倒すことじゃないからね」

『っ……貴様、わけの分からぬ、だと……⁉　この我を前にして……よくも吼えたな、愚物……⁉』

「だから、そういうの、いいんだって。……そういえば、魔王討伐隊にいた頃も似たようなのに会ったっけなぁ。あれもなんか妙に偉そうだったけど……喋る魔物ってのは、偉ぶってるのが基本なの？」

『っ……死ね……！』

激昂のままに、魔物が飛び出した。

その巨体に似つかわしくないほどの速度であり、気が付いた時には大きく開かれた口が眼前に迫っていた。

おそらく、このままセリアごとロイを食らおうというのだろう。

逃げ場などはまったくない。

しかし、不思議とセリアは恐怖を感じなかった。漠然とした、それでも確信出来る想いがあって——

「さて……終わり、っと」

ロイの気楽な呟き声と共に、セリアが抱いた確信は現実となった。

彼女の目の前にあったのは、大きく開かれた口ではなく、胴体を真っ二つにされた魔物。

驚愕と、何よりも恐怖の滲む声が響く。

『ば、馬鹿な……馬鹿な馬鹿な馬鹿な……!?　我がやられた……？　我が死ぬ、だと……!?　ありえぬ……あっていいわけがない……！　貴様……貴様は一体、何だ……!?』

「何、とか言われても困るんだけど……見ての通り、極々一般的で、平凡な冒険者だけど？」

セリアですら絶対それはないと否定したくなる言葉であったが、不思議と少年は本気で言っているように見えた。

ふざけているわけでもなく、煽っているわけでもなく、本当に、自分は大した存在ではないと思い込んでいる。

だが何にせよ、ロイのしたことが変わるわけではない。

『が、あっ……⁉　死ぬ……我が死ぬ……⁉　そんな、馬鹿なことが……馬鹿なあ……⁉』

そんな叫びを残しながら、魔物の声は途絶えた。

真っ二つにされながらも僅かに動こうとしていた身体も、最早微動だにしない。

そしてそんなものに挟まれながら、ロイは振り向いた。

「さて……終わったみたいだし、アモールの花を採って、帰ろうか」

何事もなかったかのように微笑む少年に、セリアは咄嗟に言葉を返せなかった。

この少年は、一体何者なのか――そんなことを思いながら、セリアはただ呆然と、ロイの姿を眺め続けるのであった。

その日の昼過ぎ、冒険者ギルドの建物に一人の少年が入ってきた。

その瞬間、数人の視線が集中し、ギルドに流れる空気の質が僅かに変わった。

少年に注目した一人でもある冒険者のフルールが、グレン達の隣でポツリと呟き、驚愕を滲ませる。

「……本当に無事に帰ってきたっすね」

グレン達はそら見たことかと、ただ肩をすくめて返すのみ。

フルールは何も言えずに、その少年──ロイの姿をジッと見つめた。

だがそんな視線に気付いていないのか、ロイは周囲を気にもせず、まっすぐに受付へと向かっていく。

一緒に出て行った少女の姿が見えないが、彼女は冒険者ではなくて、ただの依頼者である。ギルドに足を運ぶ理由はない。

さて、ロイが向かった先にいるのは、今朝応対した女性だ。

ロイがこの場に現れたということが何を意味するかを理解していないわけがないだろうに、女性の顔に動揺の一つも見当たらないのはさすがである。

いつも通りの笑みを浮かべたまま、彼女は口を開く。

「いらっしゃいませ、ロイさん。どうされましたか？　あなたが今回お受けなさった依頼は、ギルドを介していませんから、結果を報告する義務はありませんけれど……」

「ああ、いえ、その件ではなくてですね……いえ、まったく無関係ってわけでもないんですが、ちょっと鑑定をお願い出来ないかと思いまして」

「鑑定、ですか？」

冒険者がギルドに鑑定を依頼するのは、日常的な光景の一つである。

依頼の途中で珍しそうなものを見つけたり、拾ったりすることは、割とよくあるからだ。

高価な品は滅多に出ないが、鑑定に必要な料金は安いため、もし価値があれば儲けもの、といった感覚で頼む者も多い。

他にも、珍しい魔物を倒した時などにも利用されるが、こちらは大分稀である。

そもそも、そんな魔物に遭遇する機会など、ほぼ存在しないからだ。

あるとすれば、Aランクの冒険者が未踏の地に行った時くらいで、Aランク冒険者のフルールもまだ経験したことはない。

だから普通に考えればこの場合の鑑定とは前者を意味するのだが……受付の女性はまるで何かを予感しているかのように、僅かに表情を硬くした。

「……分かりました。どちらを鑑定なさりたいのでしょうか？」

「これなんですが――」

そう言ってロイが腰に括り付けられた袋から取り出したのは、一見すると〝よく分からない何か〟としか表現しようがないものであった。

色は白に近く、太さはロイの腕とほぼ同じくらいで、長さも同様。

先端が鋭く尖っているので、一瞬武器か何かのようにも思えたが――

「……あれってまさか、爪っすか？」

「だろうな。一瞬牙かとも思ったが、牙にしちゃ形状がおかしい。ともかく、あれが爪だとすっと……持ち主はどれだけでけえやつなんだ……」

「あれを見るだけでも、相当に強い魔物だろうと予測できるわねー」

そんな会話をフルール達が交わしている間に、受付の女性もそれが何なのか気付いたようだ。

「これは、爪、でしょうか？　これほどの大きさのものは私も初めて目にしましたけれど……」

相変わらず笑みを浮かべたままだが、口元は僅かに引きつっている。

「そうなんですか？　確かに図体は無駄に大きかったですが……」

「無駄に大きい、ですか……もしよろしければ、どんな魔物だったのかをお聞きしてもよろしいでしょうか？」

「別にいいですが……見た目自体は普通でしたよ？　虎みたいな感じでしたね」

「虎のような魔物ですか……なるほど、確かにそれだけでは珍しいとは言えませんね」

「ええ、それで大きさは……そうですね。全高で二十メートルくらいだったでしょうか」

「なるほど、二十メートル……二十メートル？」

女性は同じ言葉を繰り返しながら、思わず、といった様子でロイを二度見していた。

どんな時でも笑みを絶(た)やさないこの女性があそこまであからさまに動揺を見せるなど、相当珍しい。

受付でのやり取りを見て、フルール達が苦笑(くしょう)する。

「まあ、ああなるのは分かるっすけど……」

「あの爪の大きさからすりゃ、そのくらいはあんだろうって推測(すいそく)は出来るがな……」

「あの娘も予想は出来ていたと思うけど、実際にその大きさを言われたら、平静ではいられなかったんでしょうねー」

それでも、すぐに取り繕(つくろ)った笑みを浮かべたのはさすがプロといったところか。

とはいえ、動揺は明らかで、傍目(はため)にも目が泳いでいた。それでも彼女は、何とかさらなる情報を得ようと会話を続ける。

「ええと……他には何かありませんでしょうか？」

「他、と言われましても、割とあっさり倒せちゃったので、相手の攻撃方法とかもろくに分かりませんでした。……何かあったかなぁ」

「二十メートルの魔物を……あっさりと……？」

いよいよ受付の女性の笑みが顔から剥がれつつあるが、仕方があるまい。

ギルドの受付職員は冒険者のようには戦えないが、色々な情報を知っている。だからこそ、少年がどれだけ非常識なことを言っているのか、余計に分かるのだろう。

だが、それすらどうでもよくなるような言葉を、ロイが呟く。

「うーん、他には何か……ああそういえば、西方の支配者とか言ってたけど……。いや、どうせただの自称だろうしなぁ。魔物の特徴を説明するのに役には立たないか」

「えっ!? ちょ、ちょっと待ってください。西方の支配者って……いえ、それよりも……まさか、その魔物は〝喋った〟んですか？ 人の言葉を？」

「え？ あ、はい。僕は魔物の言葉なんて分かりませんしね」

平然とそう口にしたロイの言葉を聞き、ついに女性の顔から笑みが消えた。

彼女の反応は当然のものであった。むしろ叫ばなかっただけマシとすら言える。

女性は隣にいた同僚と顔を見合わせ、真顔で頷き合う。

支部長あたりに報告するつもりか、そのまま同僚の女性は席を立ち、奥へと向かった。

既に受付職員だけで判断出来るレベルではない。

「……その可能性は高いって思っていたっすけど……実際に聞くと、中々の衝撃を受けるっすね」

受付でのやり取りを見て呆れ笑いを浮かべるフルールに、グレンが頷く。

「まあな。つーか、さっき言ったこと、訂正するぜ」

「え？」

「やっぱ驚かねえなんてことはねえわ」

「ああ……まあ、そっすね」

西方の支配者の名は、フルールにも聞き覚えがあった。

魔の大森林を支配しているとされているモノだが、その実在は疑われてもいた。

何しろ、誰もその姿を目にしたことがないからだ。声だけは聞いたという者がいて、その時に〝西方の支配者〟を名乗っていたという話から、そういった噂が流れてはいたのだが――

「……実在したんすね、西方の支配者」

「あら、素直に信じるのねー？　彼が嘘を言っているかもしれないわよー？」

「いや、さすがにあんなの見ちゃったら信じる以外ないじゃないっすか」

あの爪には、はっきりとした力の残滓があった。それも、持ち主がどれほど強大だったか分かるほどに強烈なものが。

さらに、喋ったというのもポイントの一つだ。

確かに、魔物の中には知能が高いものもいるが、人語を操る存在として明確に知られているのは一体――魔王だけであった。

そして噂によれば、西方の支配者はその魔王と同格だとされている。

「っと、買取り所の方に移動するっぽいっすね」

フルールはロイ達の動きを目で追いながら会話を続ける。

「まあ、持ち帰った素材があの爪だけっていうことはないでしょうからねー」

「ギルドとしちゃ、他の素材を逃がしたくはねえはずだ。かといって、あの場で広げられても困るだろうしな」

「とはいえ、あっちも早速大変なことになってるみたいだけどー？」

見ると、買取り所に先回りしていた支部長が、次々と出される品を見て慌てふためいていた。

「あ、ついに完全に真顔になったっす。驚きが振り切れたっすかね？」

買取り所でも駄目だと判断されたのか、ロイはそのままギルドの奥へと連れて行かれた。

おそらくは応接室にでも行ったのだろう。

フルール達のパーティーも、依頼を受ける時には必ず行く場所だ。

要するに、ロイも〝そういう〟扱いになった、ということである。

まあ、そんなの、あの爪を出した時点で分かるだろうに……と、そこまで考えたところで、ふとフルールはある事実に思い当たった。

「……そういえば、あの人『魔法の鞄』持ってるんすね」

爪のインパクトのせいで自然に流していたが、彼が次々と出す素材達は、腰に括りつけている袋に入る大きさと量ではない。

ならば、あの袋はまず間違いなく魔法の鞄と呼ばれている魔導具だ。

見た目の数十倍の物を入れることが出来る便利なもので、大体Cランク以上の冒険者には必須(ひっす)とされる。しかし、相応の値段がするため、逆に言えば、それより下のランクでは手が出せない。

駆け出しのFランクだというのならば、手に入れようとすら思わないだろう。

そんな品を持っているということは、誰かが入れ知恵した可能性が高い。

「……グレンさんが教えたんすか？」

「……何でそう思うんだ？」

「なんか、あの人がここにきた時から知ってるっぽいこと言ってたっすからね」

グレンは何も応えなかったが、否定もしなかった。

とはいえ、もしそうだとしても、フルールに驚きはない。グレンはこう見えて面倒見が良いところがあるのを知っているからだ。

彼が駆け出し冒険者のロイに、それとなく何か助言していても不思議はない。

……そんなことを考えるフルールに、何故かグレンがにやりと笑いかけた。

「な、なんすか……？」

「いやなに、これからはテメエも大変だろうと思ってな」

「確かにそうねー」

グレンとアニエスが意地悪な笑みを浮かべる。

「……どういう意味っすか、それ？」

「何でだかは知らねえが、アイツはどうも自分の力ってのを理解してないらしくてな」

「ええ。いいところEランク程度の力しかないと思ってるらしいのよねー」

「……何すかそれ？　一体何がどうなったらそんなことになるんすか？」

西方の支配者がどれだけの力を持っていたのかはフルールにも分からない。だが少なくとも、マッドベアーよりも弱いわけはないだろう。

そんな相手にあっさり勝ったらしいというのに、どうしてEランク程度の力しかないなど思えるのか。

「さあな。ま、何か事情があるんだろうが、冒険者やってる以上は当たり前だ。で、どんな事情があろうが、アイツがそう思ってるってのは事実だ」

「そして……私達のランクはー？」

「そりゃ、Aっすけど……って、まさか……？」

そこでフルールは、グレンがあの少年に対してどんな態度を取っていたか思い出した。

グレンは確かに普段から粗暴な言動が多いが、何の理由もなく他人を見下すような人物ではない。

そして、彼のロイへの接し方は、一般的なＡランクの冒険者がＦランクの冒険者に取る態度としては決しておかしなものではなかった。

つまり……あえてそういう態度を取っていたとしたら……

「……もしかして、あちしにもあんな態度取れってことっすか？」

思わず頬を引きつらせるフルール。

「オレ達Ａランクには相応の態度が求められるってのは、いつものことだろ？」

「それは周囲の目を気にしろって意味であって、横柄な態度を取れって話じゃないと思うんすけど……」

「求められている態度という意味では、大差ないでしょうー？」

「絶対違うと思うっす……」

ランクはともかく、間違いなく自分を上回る力を持つ人物に対して、偉そうに振る舞うなど、フルールには出来る気がしなかった。

「ていうか……結局あの人は何者なんすか？」

「ふふ……もしかしたら、噂の勇者様かもしれないわよー？」

「冗談になってないっすよ……」

勇者がどんな人物であるかは、一般にはまるで知られていない。容姿や年齢はおろか、名前すら分かってはいないのだ。

ただ物凄い力を持っていて、魔王を倒して世界を平和に導いたということのみが伝わっている。

そしてあの少年は、魔王に匹敵するかもしれない存在を倒したらしい。

勇者だと言われて、否定する理由はなかった。

「ま、勇者はどっかからふらっと現れたって話だし、アイツもつい一週間前にふらっとここに現れやがったんだ。本当にそうなのかもしれねえぜ？」

「だから冗談になってないっすって……」

そんなことを言いながら、彼らは遠ざかるロイの背中を見つめる。

彼が何者であれ、あの調子では、何事もなく平穏な日々を過ごすということはあるまい。

そしてその影響が自分達にも降り注いでくる可能性は高そうである。

果たしてこの先どんな運命が待ち受けているのか。

それを想像して、フルールは思わず溜息を吐き出すのであった。

第二章　薬の真実

青く晴れ渡った空を眺めながら、男はこみ上げてきた欠伸を噛み殺した。

心地のよい陽気に、遠くから届く僅かな喧騒。

平和で、のどかで……その男の望みとは程遠いところにあるはずの光景であった。

「ちっ……暇すぎんだろ、ったく。人類の最前線とも呼ばれるような場所で、俺は一体何してんだかな……」

ぼやいても現状が変わるわけではない。

背後にある家の扉に寄りかかりながら何となくその場を見回すものの、人の流れは皆無である。

とはいえ、場所を考えれば当然とも言える。

基本的には常に熱病に浮かされたかのような喧騒の中にあるルーメンではあるが、その中心となっているのは街の大通りだ。

西門と東門を一直線に繋ぐ道と、これと直角に交わる、北門と南門を繋ぐ道。街の中央を走っているその一つの大通りが、ここで最も賑わいのある場所だ。

そして、そこから離れるごとに、喧騒は少しずつ遠ざかっていく。

路地裏を一本中に入るくらいならばまだしも、奥まった場所にまで行けば、さすがに静かになる。

その代わりとばかりに、後ろ暗い連中が集まるようになったりはするが。

あとは、冒険者達が利用する宿が密集している住宅街に関しても、例外的に喧騒からは遠い。

いくら荒くれ者達でも、休んでいるそばで騒がれたらさすがに腹を立てるというものだ。

そして、男がいるこの場所は、住宅街かつ路地裏の奥まった場所にあった。

「ルーメンとは思えないくらいに静まり返ってやがる。本当に退屈にも程がある場所だぜ、ここは」

静寂と平穏を望む者にとっては良い場所なのかもしれないが、そもそもそんなものを望む人物がこの街に来るかという話でもある。少なくとも、男は御免であった。

「つっても、依頼を受けちまってる以上は勝手に抜け出すわけにもいかねえしな。ったく、面倒な話だ」

依頼を受けた当初は、物珍しさからこういうのも面白いと思ったし、楽で良いと思ってもいたのだが、そんな感情は三日もすれば尽きた。今はどうにか暇潰しになるようなことを探している有様で、このまま手に持つ槍ごと朽ちていくのではないかと想像し、男は溜息を吐き出した。

「シャレにならないぜ。これじゃ腕が鈍る一方だし、一度魔の大森林にでも行かせてもらうかね？　どうせ、まだ何かが起こるようなことはねえだろうしな。……とはいえ、それには俺の代わりを見つけてくる必要があるのか。本当に面倒な話だぜ……。いっそ、そこら辺から魔物でも飛び出してきてくれれば面白いんだがな」

　しかし、生憎そんなことは起こりえない。

　ここは辺境の地にして人類の最前線、魔境とも呼ばれるルーメンだ。簡単に街に魔物の侵入を許すはずがない。

「ま、もし魔物が出たところで、臨時収入だとばかりにあっという間に狩られるだけだろうしな。……いや、この辺りならそうとも限らねえが、人も少ない分大した混乱にはならねえかもな」

　それはそれでつまらないと、襲ってきた眠気に再び欠伸を噛み殺す。

　その時、男の優れた聴覚が、足音を捉えた。

　しかも、その者は歩いているわけではなく、走っているようだ。荒い息も聞こえ、大分急いでいるらしい。

　何か面白いことでもあったのかと、男は音が聞こえる方へと視線を向け……目を細めた。

遠目に見えたその人影に、見覚えがあったからだ。

誰かに追われている様子などなく、その人物——桃色の髪を持つ少女は、男の姿を捉えるとパッと顔を輝かせる。

そのまま速度を緩めずに、男から数歩分離れたところまで来てようやく足を止めた。

彼女は呼吸を整える間も惜しいとばかりに口を開く。

「あ、あのっ！　お、お医者様はいらっしゃいますか⁉」

この少女が今朝もここを訪れ、後ろの家にいる医者に何を言われたのかは、男も知っている。

それがこうして再び来たということは……アレが用意出来たとでもいうのだろうか。一瞬そう考えて、男はまさかと頭を振る。

「あー、まあ、いるっちゃあいるが……どうした？　嬢ちゃんは確か、今朝も来たよな？」

「あ、は、はいっ。その……その時にお医者様に必要だって言われたものを、何とか用意することが出来たんですが……」

「……へえ？」

ここで彼女が嘘を吐く理由はない。ということは、本当に用意出来たのか。

——絶対不可能だと思っていたのだが……用意出来たというのならば、それはそれで〝あり〟だ。

男は自然と口元が緩みそうになるのを何とか堪え、気の毒そうな顔を作って口を開く。

「そうか……そりゃよかったな。だが生憎今は忙しくてな。手が放せねえんだとよ」

「えっ……そうなんですか？」

「ああ。明日の朝になればさすがに大丈夫だと思うんだがな……」

「そう、ですか……分かりました。では、明日の朝に、また来ます」

「おう。一応後で嬢ちゃんが来たことは伝えといてやるからよ」

「はい、ありがとうございます。……それでは」

希望に満ちた顔から一転、落胆を露わにする少女は、男に背を向けるとそのままとぼとぼと歩き出した。

男は少女を見送り続け……その姿が見えなくなった瞬間、背後の扉を振り返る。

「はっ……暇で仕方ねえって思ってたが……どうやらようやく暇じゃなくなりそうだな」

男は扉へと手を伸ばしながら、唇の端を吊り上げる。

眠気はもうすっかり飛んでいた。

上機嫌な男は狭くて散らかった室内に、無造作に足を踏み入れる。

誰の姿もなかったが、彼は構わずそのまま奥の部屋へと入っていく。

そこには、四十代から五十代といったところの、初老の男の姿があった。

訪問者に気付いた初老の男が軽く目を見張る中、表にいた冒険者の男は気楽な調子で声をかけた。

「おう、邪魔するぜ」

「おや……どうしたのですかな？　あなたがここに来るのは随分珍しいですが、何かありましたかな？」

この初老の男が、先ほどの少女が言っていた〝医者〟である。

だが、別に忙しそうではない。

手元の様子などから考えるに調合か何かをしていたようだが、少なくとも手を放せないほど忙しいということはなさそうだ。

しかしそれも当然だ。冒険者の男は嘘をついて少女を追い返したのだから。

彼は楽しげに口元を歪め、首を傾げる医者に告げる。

「ああ、あったぜ。飛び切りのがな。……さっき、今朝の嬢ちゃんが来たぜ」

「――っ⁉」

それを聞き、医者は驚愕の表情を浮かべて立ち上がった。

勢いよく立ち上がったため、手元にあった容器やら何やらがその場にぶちまけられたが、彼がそれを気にしている様子はない。

「それは……もしやっ⁉」

「あの嬢ちゃんはこう言ってたぜ。必要だって言われたもんを、何とか用意することが出来た、ってな」

その瞬間、医者の顔が歓喜で彩られる。

待ちに待った瞬間が訪れたとでも言わんばかりの様子で、彼は満面の笑みを浮かべる。

「そうですか……そうですか！　まさか本当に用意出来るとは思いませんでしたが……しかしこれで何とかなりそうですな」

「ああ。これでようやく、俺の退屈な日々も終わるってわけだ。ま、さすがにすぐにってわけにゃいかねえだろうけど……なに、ここまできたら、あと少しくらいは誤差だろうよ」

冒険者の男の言葉に、医者は笑みを浮かべたまま頷く。

まるで何かを噛み締めるような、達成感の滲む息を吐き出した。

「ええ、そうですな……本当にようやくですな。そういえば、彼女はどうしたのですかな？」

「あん？　そりゃ忙しいっつって追い返したさ。色々準備とかもいるんだろ？」

「おお、さすがですな。ええ、本当に持ってくるとは思っていませんでしたからな……」

「明日の朝なら大丈夫だっつっといたが、問題ねえよな？」

「ええ、それまでに準備も終わるでしょう」

となれば、自分もそろそろ準備を進めるべきか……冒険者の男がそんなことを考えていると、ふと医者が首を傾げた。

「それにしても、今更ですが、あなたも物好きですな。せっかくBランクにまで上り詰めたというのに」

「……なに、面白そうだと思ったから乗っただけさ。そもそも、俺は最初からやりたいことをやってただけで、そうしてるうちに勝手にランクが上がってったっつーわけだ。だいたい、それを言ったら、テメエもだろ」

「確かに。まあ、望むところは一緒なのですから、もう少し共に頑張るといたしましょうか」

医者の言葉に異論はなかったので、冒険者の男は肩をすくめて返す。

だが、出来るならば――

「……障害とかあった方が、個人的には好みなんだがな。あっさり完遂しちまっても、達成感が足りねえ」

「……？　何かおっしゃいましたかな？」

「ただの独り言だ。気にすんな」

何にせよ、とりあえずは明日だ。

さて、どうなるやらと、その先のことも含めて考えながら、冒険者の男は口元を歪めるのであった。

ふと、目が覚めた。

視界に映る見知らぬ光景に、ロイは数度瞬きを繰り返し、そこでようやく思い出す。

「ああ、そっか……辺境の街に来たんだっけか」

まだ一週間しか経っていないからか、どうにも起きた直後は自分がどこにいるか忘れてしまうのだ。

目覚めてすぐ見る光景が、以前とはあまりにも違うからかもしれないが。

「前は天蓋とかあったしなぁ……。最後まで慣れなかったと思ってたけど、意外と慣れてたってことなのかな……？」

あれこれ考えている間に、完全に目が冴えてくる。

ロイは一つ伸びをした後、ベッドから起き上がった。

「さて、と……今日はどうしようかな」

今日の予定は見事なまでに白紙だ。

仲間がいない冒険者など大体そんなものだろうが、ここ数年、彼は自分で予定を決めるという行為から遠ざかっていたせいもあって、どうにもすぐにはやることが思い浮かばない。

「んー……ま、適当に街を歩いていれば何か思いつくかな？　あるいはギルドに行ってもいいかもしれないし」

冒険者は身体が資本であるため、一度依頼を受けたら数日休んだ方がいいとグレンから教わったが、どんな依頼があるのか眺めるくらいなら問題ないはずだ。

実際、そうして休暇を過ごす冒険者もいると聞く。

「ま、何にせよ……まずは次の宿探し、かな」

今日はどんなところに泊まろうかなどと考えながら、ロイは今回世話になった宿を後にしたのであった。

まるで祭りの最中でもあるかのような喧騒の中を、ロイは一人歩いていた。

未だに慣れることのない景色を眺めて、呟きをこぼす。

「うーん……それにしても、本当に予想外な状況だなぁ。これで辺境の街とか、名前に偽りありすぎじゃない？」

正直なところ、ロイはこのルーメンを寂れた僻村のようなものだと想像していたし、それを望んでもいた。彼がこの街に来たのは、そんな場所ならばのんびり出来るだろうと思ってのことだった。それなのに、現実はこれだ。

ロイが今まで訪れたことのある場所の中で、最も活気のある場所なのは確実で、街の大きさも予想以上。

周囲を防壁が囲っていることもあって、街というよりは城塞都市（じょうさいとし）とでも言うべき規模であった。

最初に訪れた時は本気で場所を間違えたと思ったが、人に聞いてみて、確かに辺境の街と呼ばれる場所であるし、この先には村などもないと分かった。

となれば、ここは確かにロイが目指した場所で間違いない。

「やっぱ、何か理由があってここまで発展した、とかかなぁ。……まあ、のんびり過ごすって目的自体は達成できてもいるんだし、ここが大都市だろうと何だろうと、正直どうでもよくはあるんだけど」

ロイがこの街を訪れてから早一週間が経つが、その間彼はのんびりと街の観光などをして過ごしていた。

昨日は気が向いたのでギルドに行って依頼を受けたが、それ以外では一応、理想通りと言える生活を送ってはいたのだ。

むしろ人が多く賑やかなら、それだけ楽しめるものも多いということである。

ルーメンがこれほどの規模であるからこそ、ここまで楽しめているとも言えるかもしれない。

「色々な宿を試せるのも、そのおかげではあるしねえ」

そう呟きながら周囲を眺め、ロイは宿を見つけては観察するように目を細める。

外から見ただけで宿の良し悪しが分かるわけもないので、ただそれらしいことをしている気分に浸れるという行為でしかないのだが。

とはいえ、彼が宿を探しているのは本当だ。

そして一応理由もある。単純に、先ほどの宿が気に入らなかったからだ。特に問題なく泊まれはしたのだが、部屋、料理、全てにおいて可もなく不可もなくといったところで、今日も泊まろうとは思えなかった。それで彼は、別の宿を探している。

そんなことを、ロイはルーメンに来てから毎日繰り返しているのだが、それもこれも、この街が大きくて宿がたくさんあるからこそ出来るのだ。

落ち着ける場所が見つかっていないとも言えるが、こうして色々な宿を試すのは、思いのほか楽しくもあった。

「こうやって毎日宿を変えているから、毎朝自分がどこにいるのか分からなくなるのかもしれないけど。ま、そのうち気に入る宿も見つかるだろうし、別に焦る必要はないでしょ」

幸いにも、冒険者という職業は思っていた以上に稼げるらしく、毎日宿に泊まるのに必要な銀貨数枚を払い続けても問題ないくらいには懐が暖かい。少なくとも、しばらくは金銭面で悩む必要はなさそうである。

もっともそれは単純に、運が良かっただけなのかもしれないが。

実は、初めてこの街を訪れる際、ロイは軽く迷子になりかけた。

これからのことを考えていたらちょっとテンションが上がって、近道が出来そうな場所をノリで進んだ結果、深い森に迷い込んでしまったのだ。

問題なく抜けられ、そのままこの街に辿り着くことも出来たが、その際何体かの魔物と戦闘になった。

魔物自体は弱かったのだが、魔物の身体は部位によっては素材として買い取ってもらえると知っていた彼は、無事だった部分を持ち帰った。

そして街に到着後、冒険者ギルドでそれらを換金してもらおうとしたところ、どうやら珍しい上に有用な魔物だったらしく、結果はロイの想像以上。

かなりの額で買い取ってもらえ、おかげで彼の懐は暖かい、というわけだ。

昨日仕留めた魔物も相当な高値で買い取ってもらえた。

森から持ち帰ったものを全て出したらギルドの職員が目の色を変えていたので、希少な素材だったのかもしれない。

さすがに応接室のようなところにまで連れて行かれて〝ちょっと偉そうな人〟が出てき

たのには、ロイも驚いた。

その割にはあまり強くなかった気はするが……珍しさや有用性に強さは関係ない。

そんな希少な魔物と、他の依頼をこなす途中で遭遇出来たことを考えれば、この街に来てからのロイの運勢はかなり良い感じと言えそうだ。

とはいえ、今後もこれが続くとは限らないので、あまり無駄遣いするわけにはいかないのだけれど。

「そういえば、セリアのお母さんは結局どうなったのかなぁ……」

セリアとは昨日街に戻って来た直後に別れたので、その後どうなったのか知らないのだ。

ロイが受けた依頼はアモールの花を手に入れるところまでなので、当然と言えば当然ではある。

ちなみに、昨日ロイがギルドに行ったのは、そうした方がいいとセリアに助言されたからだったりする。

可能な限り魔物の部位を持ち帰ったのも、彼女に言われたからだ。そのおかげで、懐が暖かくなったので、セリア様様だった。

もしかしたら彼女はあの魔物が珍しいということを知っていたのかもしれない。

「んー、出来ればお礼を言いたい、というか、お礼に何かしたいし、お母さんはどうなったのか気にもなるけど……ま、機会があったら、かなぁ」

いくら広い街とはいえ、結局は同じ街にいるのだ。縁があればそのうち再会するだろう。

お礼はその時にすればいいし、どうなったのかもその時に聞けばいいことである。

「そういえば、セリアの家は宿を営んでいるらしいし、もしかしたらそっちで会うかもしれないな」

などと考え事をしていると、誰かにぶつかってしまったらしく、ロイは不意に身体に衝撃を感じた。

「――きゃ⁉」

「っと……」

「ご、ごめんなさい……！　急いでいまして……！」

「いえ、こっちこそよそ見してて……って、あれ？」

ぶつかった少女に謝ろうとして、ロイは軽く目を見開いた。

見知った人物であり、もっと言えばちょうど今考えていた人物だったからだ。

「セリア……？」

「えっ……？　ロイ、さん……？」

予想以上に早く訪れた再会に、二人はしばらく見つめ合ってしまう。

しばし固まっていたロイだが、すぐに現状を思い出して声をかける。

「っと、ごめん。昨日の今日で、しかもこんなところで会うなんて、ちょっと予想外だっ

たから」

「い、いえ……驚いたのは、わたしの方もです」

「そっか。ところで、何か急いでたみたいだけど……？」

ロイ自身は特に急ぎの用事があるわけではないが、セリアは何か急いでいる様子だった。

あまり邪魔をしては悪いだろう。

「あ、はい。これからお医者様のところに行こうとしていたんです」

「医者に……？　あれ……もしかして昨日の花って、実は違うものだったとか……？」

依頼は失敗だったということだろうかと考え、ロイは一瞬血の気が引くのを感じた。

しかし、セリアは首を横に振る。

「い、いえ、そうではなくてですね……昨日はお医者様が忙しかったらしく、手が放せないと言われてしまったんです……」

「……そっか。まあ、そういうこともある、か」

危険な状況にあるのはセリアの母親だけとは限らないのだ。目の前にそんな患者がいれば、医者とて放り出すわけにはいくまい。

よく見ると、セリアは何か布で覆われたものを抱えていた。おそらく、昨日採った花だろう。

「なるほど、それで今日こそはってことか」

「はい。朝なら確実に大丈夫だろうって昨日言われまして。そういうわけで、すみませんが……」

「あ、ちょっと待った」

頭を下げて去ろうとするセリアを、ロイが呼び止めた。

別に邪魔をするつもりはないが、考えがあったのだ。

「そのお医者様のところに、僕も一緒に行っていいかな？」

「え？　それは……別に構いませんが……」

「いやー、実は僕、この街のどこに医者がいるのか知らなくてさ」

「そうなんですか……？」

「うん。まあ、来たばっかりだし、今のところお世話になるような機会もなかったからね。必要になったら誰かに聞くつもりだったんだけど、ちょうどいい機会だと思って。それに、あの花がどんな薬になるのか興味もあるし」

「そうですか……そう、ですね。ロイさんにはお世話になりましたし、構いませんよ？　お医者様も優しい方ですから、邪険になされることはないと思います」

「ならよかった。ありがとうね」

「いえ。それでは、こちらです」

ロイはセリアに案内される形で、医者がいるという場所へと歩を進めた。

セリアと会ったのが大通りだったので、てっきり医者もその通り沿いにいるかと思いきや、意外にも彼女は途中で路地を曲がり、そのまま奥へと向かっていく。

「大通りにいるわけじゃないんだね？」

「あ、大通りにも病院はあるんですが、そちらのお医者様は何と言いますか、その……お値段が……」

「ああ、まあ、そうなるだろうねえ」

「はい。その分腕は確からしいのですが、わたし達が普段見てもらう分には、そこまで必要ないので、裏通りにいるお医者様のお世話になることが多いんです。あ、もちろんこちらのお医者様も腕は確かですよ？」

「結構親しそうだけど、いつもお世話になっているの？」

「そうですね……割とお世話になっていますね。わたしが生まれる前からここにいたそうで、皆さんから信頼されています。……今回の母のことでも、本当に親身になってくださって、何とか助けようと努力してくれています」

「へえ……そうなんだ」

「はい。ですから、この花を持っていけば、きっとお医者様も喜んでくださると思います。昨日手に入ったということは伝えてもらってありますけど――っと、着きました。あそこです」

そう言ってセリアが指差した先は、一見すると周囲とそれほど変わらない民家のように見えた。

少なくとも、何も知らずに病院を探したら見つけられそうにない。一応、周囲と違うところはあるのだが、そのせいで余計に医者がいるようには思えなかった。

何故なら、その家の前には、明らかにガラの悪そうな男が、槍を抱えて立っていたからだ。

「えっと……本当にあそこでいいの？」

「ふふっ、確かにちょっと近寄りづらいですが、大丈夫ですよ」

セリアは躊躇なくその場所へと近寄っていき、そのまま槍を持つ男に話しかける。

「すみません、今日はお医者様にお会いすることは出来ますか？」

「おっ、昨日の嬢ちゃんか。ああ、昨日言った通り、大丈夫だぜ？」

見かけの割にと言うべきか、男は結構気さくな感じでそう答えた。

その顔には笑みすら浮かんではいたものの……ロイに気付いた瞬間、何かを探るように目が細められる。

「……ところで、そっちの坊主は？　そいつも患者か？」

「いえ、花の採取に協力していただいた冒険者の方です。この街に来たばかりで、お医者様がどこにいるか分からないのと、どんなお薬が出来上がるのか興味もあるということでしたので、お連れしたのですが……。その、一緒に中に入っては駄目でしょうか？」

「へえ……それを手に入れんのに協力した、ね」

そう呟き、男はさらに目を細めた。

「……坊主、ランクは？」

「Ｆです」

特に誤魔化す理由もなかったため、ロイは正直に答えた。

すると男は、さらに厳しい目でロイの全身を見回す。

「新人、か。確かにそれらしい格好でもあるが……。ま、ならいいか。あんまり他の冒険者を入れたくはねえんだけどな」

「え、何でですか？　お医者様がいるんですよね？」

「だからだよ。冒険者ってのは血の気の多いやつばっかりだろ？　こっちとしちゃあ面倒事が起こらねえようにするのは基本なんだよ。通してはやるが、おかしな真似はするんじゃねえぞ？　ま、俺はこれでもＢランクだ。お前が何かしようとしたら強制的に潰すだけだがな」

「もちろん、余計なことをするつもりはないです」

なるほど、この人は医者の護衛なのかと納得し、ロイは頷く。

確かに、医者というのは人の命を扱う職業柄、治療に納得のいかない者に変な因縁を付けられたり、助けられなかった患者の家族から恨まれたりすることも多そうだ。それで、このように冒険者に護衛を依頼する場合もあるのだろう。

「ならいい。ああ、その冒険者が中に入るってんなら、俺も一緒に行くぜ？　俺はそいつのことよく知らねえし、万が一があっちゃ困るからな」

男の危惧を当然のものとして受け入れ、ロイ達は家の中へと入っていく。

中は色々なもので溢れていたせいで、思っていたよりも狭い。外観から想像出来る通り、病院というよりも個人の治療院といった感じだ。

中で待っていたのは、一人の初老の男であった。

彼はセリアを目にした途端に顔を輝かせる。

「おお、セリアさん！　ということは……昨日の連絡は本当だったのですな。正直、難しいと思っていたのですが……」

「はい、この方に手伝っていただけて、何とか」

「ほう……あなたが？」

ロイを見て首を傾げる初老の男に、冒険者の男が補足する。

「そうだ。こいつが昨日嬢ちゃんを手伝った冒険者らしいぜ。まあ、何かしたら俺がつまみ出すし、別に一緒でもいいだろ？」

「ええ、もちろんですとも。そうですか、あなたのおかげで……私の方からもお礼を言わせてください。これでセリアさんの母君を助けることが出来ます」

「いえ、僕は依頼を果たしただけですから」

「それでもです。ところで、セリアさん……」

「あ、はい。これなんですが……」

医者に促され、セリアが抱えていた荷物の布を外す。

中から出てきた虹色に輝く不思議な花を目にした男二人が、思わずといった様子でジッと見つめる。

「おお……これは確かに。では、少しお待ちいただけますかな？　一刻も早く必要でしょうし、薬を調合するだけでしたらすぐですから」

「分かりました。……よろしくお願いします」

「ええ、お任せください」

医者はセリアから花を受け取ると、奥にある部屋へと向かった。どうやらそこに薬を作る道具などがあるらしい。

冒険者の男は、ロイが邪魔をしないように、警戒してジッと見つめ続けるが、もちろん何も起こらない。

セリアは目を瞑り、祈るように両手を組みながら待つ。

……そのまま五分ほどが経っただろうか。奥の部屋から出てきた医者の手には、透明の液体が入った小さな瓶があった。

「あの……それが、ですか？」

「ええ。あなたの母君を癒す薬ですぞ」

「これが……本当にありがとうございます……！」

「いえいえ。なに、患者を助けるのは医者として当然の行為ですからな」

そんな二人のやり取りを黙って眺めていたロイだったが、ふとあることが気になって、口を開く。

「すみません、一つ聞いてもいいですか？」

首を傾げながら問うロイに、医者が応える。

「ふむ？　何ですかな？　何か気になることでも？」

「ええ。別に大したことではないんですが……」

そう言って彼は、さも当たり前の疑問のように問いかけた。

「それで、本物の秘薬とやらはどこにあるんですか？」

「…………え？」

だが、セリアにとってはあまりに予想外の言葉で、彼女は呆然とした視線を、ロイへと向けた。

しばし、気まずい沈黙の時が流れる。

誰かが、ごくりと唾を呑み込む音が聞こえた。

重苦しい空気を破って、次に口を開いたのは医者だった。

「……どういう意味ですかな？　セリアさんに渡した薬が偽物だと、あなたはそう言うのですかな？」

「ろ、ロイさん……？」

平静さを装いながらも動揺と怒りを隠しきれぬ医者の目と、戸惑いと疑問がありありと浮かぶセリアの目。そして、殺気を含んだ冒険者の視線を受けながら、ロイは平然と首を横に振った。

「いえ、偽物ではないと思いますよ？　偽物か本物かで言うならば、多分その薬は本物でしょう」

「あの、ロイさん……？　では、本物の秘薬、とはどういう意味なんですか？」

意味が分からずぽかんとするセリア。

「ん？　いや、そのままの意味だよ？　だって――その人は君に、それを秘薬だって言って渡したわけじゃないからね」

「え……？　いえ、確かにそうですが……」

「……一体あなたは私に何を言いたいのですかな？　私がセリアさんに偽物の薬を渡したなどと嘘を吹き込もうとして」

「いえ、ですから、そんなことは言ってませんよ？　その薬は多分本当に効果があるんでしょうし、それを飲めばセリアのお母さんは元気になるんじゃないですかね？　ただ、渡したのはあの花から作り出された秘薬ではないですよね、って言ってるだけです」

そう、渡された薬を飲めばセリアの母親は元気になるだろうし、医者はそのための薬だと言って渡した。しかしそれはそれとして、その薬はアモールの花から作られる秘薬とは別物だと、ロイは指摘したのだ。

「……何を根拠（こんきょ）として、そんなことを言っているのですかな？」

「え、根拠って言われましても……そんなの、見れば分かるでしょう？　……あれ？　もしかして、分からなかったりします？」

ロイは他の者を見回して確認するが、誰からの応答もなく、逆に困惑する。

別にロイは冗談や嘘を言っているわけではない。彼は魔王討伐隊にいた頃に、秘薬と呼ばれるものを見たことがある。

実際に使った経験はなかったが、それらは一目見ただけで特別なものだと分かるほどの力を秘めていると感じた。

そして彼は、アモールの花にも同種の力を感じ、秘薬の材料で間違いないと確信したのである。

だがセリアが渡された薬からはそういう力を感じなかった。

もしあの花を原料にしたのであれば、ありえないことだ。

「あ、いえ、すみません……てっきり意図的に誤魔化しているんだと思ってたんですが、そうではない可能性があるのを忘れてました。そっか……腕が足りずに秘薬じゃないものが出来上がっただけで、本当にあれが秘薬だと考えてる可能性も――」

「っ、貴様……！」

医者が怒鳴ったのと、ロイが言葉を止めたのはほぼ同時であった。

だがそれは激昂した医者の剣幕に押されてのことではなく、喉元に槍の穂先を押し付けられたからだ。冒険者の男の仕業である。

「っ、ロイさん……⁉」

「おっと嬢ちゃん、動くなよ。下手なことすりゃ、俺でも手元が狂う。で、おい小僧……言ったよな？　面倒は起こすなってよ」

「僕は、余計なことをするつもりはない、って約束しただけですが？」

「そうか、全部予定通りってわけかよ。ったく……よくいるんだよな、テメエみたいな冒険者がよ。んで、いちゃもんつけて金せびろうってか？」

「ろ、ロイさんはそういう人では……！」

「じゃあ、嬢ちゃんは、医者であるそいつが嘘吐いてるって言うのか？」

「っ……それは」

セリアはそれ以上反論できずに俯いてしまった。

長年世話になっている医者と、昨日依頼を受けただけのロイ——どちらを信じるかと言われたら、答えは明らかだ。むしろ、ロイに助け舟を出そうとしただけでも十分である。

それに、ロイにとってもここまでの流れは大体予想通りなので、特に問題はなかった。

「んー、じゃあ、ちょっと奥に行ってみていいですか？　多分あの花はそのまま残っていると思うんですよね。さっきはああ言ってみましたが、奥の部屋で何もしていなかったのは、気配で分かってますし。おそらく、さっきはそれっぽく時間潰してただけですよね？」

「……テメエ」

「……残念ですが、奥には色々と大切なものがありますから、私以外の立ち入りは禁じているのですよ」

「別に荒らすつもりはないんですが……。じゃあ……そうですね、この場の全員で行くっていうのはどうでしょう？　それなら問題ないと思うんですが。そもそも、僕はこのやり方はフェアじゃないと思うから、そこを正したいだけですしね」

実際ロイは別に事を荒立てたいというわけではなかった。あの花を対価に、セリアが母親の治療薬を手にしたいと望むのならば、それが決して等価の取引として成り立っていなくとも、文句を言うつもりはない。

しかし、情報を隠して花を騙し取ろうとする医師の態度は納得がいかないから、とりあえずは真実を明らかにして、話し合いをさせようとしているのだ。

そこで双方が納得する形で収まるのならば、ロイはこれ以上口出しするつもりはなかった。

これはそういう提案だったのだが――

「……はぁ、仕方がありませんな。分かりました、面倒はごめんですしな。あなたが望むようにいたしましょう。金貨十枚もあればよろしいですかな？　この程度の金でセリアさんの不安がなくなるのでしたら、安いものですからな」

「十……!?」

「んー、僕が言いたいことはまったく伝わっていないようですね……」

提示された金額に思わず、といった様子で驚くセリアだが、ロイはがっかりして溜息を漏らす。

セリアはこの医者の男を、優しい人だと言っていた。本当はその通りで、騙したのはただの出来心であってほしい。ロイはそう期待していたのだが……

「つまり、あの花をどこかに売るつもりですか？　で、金貨十枚口止め料として払おうが痛くないほどの利益がある、と。あるいは、別の形で利用して、それ以上の利益を得られるとか？」

「……小僧。忠告はしたぜ？　おい……いいよな？」

冒険者の男の目配せに、医者が頷いて応える。

「まあ、仕方ないでしょうな。医者として出来ればここで死人は出したくなかったのですが」

「死……!? あの、何を……!?」

「おっと、さっきも言ったが、嬢ちゃんは動くなよ？ なに、死体が三つになるのと比べたら、ここで何も見なかったことにするくらい、簡単だろ？」

「……っ」

三つ。つまり、ロイとセリア、そしてセリアの母というわけか。

男達が本気だと理解したのか、セリアは言葉に詰まって黙り込む。

「もちろん、嬢ちゃんにも得があることだぜ？ ちゃんとその分の対価は支払われるだろうしな」

「ええ、もちろんお支払いしますぞ？ セリアさんとはこれからも友好的な関係を続けていきたいですからな」

「ってわけだ。ま、どうせ昨日知り合っただけのやつだろ？ 嬢ちゃんは何一つ気にすることはねえよ」

「そうだね、最後の言葉は同感かな？ 誰が悪いのかなんて明らかなんだから、セリアは何も気にする必要はないって」

ロイがあっけらかんと告げると、男は槍を持つ腕に力を込める。

「おお……俺も同じ意見だぜ。誰が悪いのはなんて明らかだからな。ったく、身の程を知らないやつってのは、本当にどうしようもねえよな。だから……死ぬことになる」

「っ、ま――」

セリアが何か叫ぼうとしたが、それは形にならなかった。

直後、轟音と共に冒険者の男の身体が吹き飛んだからだ。男は天井に叩きつけられ、そのまま地面に落ちてピクピクと痙攣を繰り返す。既に意識はなかった。

「……え？」

「んー、Ｂランクって割にはまったく強そうに感じなかったから強気でいってみたけど……やっぱ全然だったね。ランク詐欺だったのかな？　それとも、こういうことを繰り返して手に入れたランクだったとか？」

冒険者のランクは、必ずしも強さと同義ではない。あくまでも冒険者としてこなした依頼の数などによって上がるものだ。

とはいえ、冒険者にとって魔物との戦闘は避けては通れない関係にあるため、実質的には強さとランクは比例する。そんな話を、ロイは冒険者になった日に受付の人に聞いたのだが……

何事にも例外はつきものだろうと、ロイは肩をすくめた。

「あっ、そういえば、これって一応正当防衛成り立つのかな？　一回くらい殴られといた方がよかった……？　まあ、事情を説明すれば分かってくれるって信じよう。……さて」

「――ひっ⁉」

ロイに視線を向けられると、医者は盛大に顔を引きつらせながら後ずさりする。

「僕が何を言いたいのか、分かるよね？　僕も出来れば暴力なんてものは振るいたくないんだけど……」

「わ、分かりました！　すぐに持ってきます！」

さすがに観念したらしく、医者は慌てて奥の部屋へと引っ込んだ。

まさかこの状況で逃げようとするはずはないし、すぐにあの花を持ってきてくれるだろう。

そう思いながら、ロイはセリアへと視線を向ける。

彼女は呆然としたまま奥の部屋を見つめていた。

その姿を眺め、ロイは大きく息を一つ吐き、再度肩をすくめるのであった。

駆けつけた冒険者達に連れて行かれる医者の後ろ姿を、セリアは何とも言えない顔で見

送っていた。

様々な感情が湧きあがって、自分でも胸の内にある感情を正確な言葉では表せない。

……多分最も大きいのは悲しみだろう。怒りに関しては、正直それほどない。

騙されていたことにはなるが、セリアにとって大切なのは、母が治るかどうかなのだ。

ただ単純に、今は実感がないというだけなのかもしれないけれど。

さて、ルーメンの治安維持は、主に冒険者ギルドが担っている。

大抵の街では独自の自警団であったり、兵士達がその役目を負うが、この街は冒険者によって成り立っているため、冒険者ギルドの力が強いのだ。

もっとも、他の街に比べて冒険者の数が多いため、同じ冒険者でなければ対処出来ないという理由もあるようだが。

そんな事情もあって、街の各地には緊急時にギルドへ連絡するための魔導具が設置されている。

使用すると、場所と共に救援を要する旨がギルドに送られ、それを受けたギルドから冒険者が派遣される。

セリア達も、医者の家にも設置されていたこの魔導具を利用したのだ。

本来は護衛の男でも対処出来ないような事態が起こった場合に使用するつもりだったのだろうに、医者自身を捕まえるために使われることになるとは、何とも皮肉な話だ。

なお、護衛の男は意識がないので、他の冒険者に担がれている。

どうやら〝Bランク〟という話は本当だったらしく、駆けつけた冒険者達は大小の差こそあれ、皆驚いていた。

だが、高ランクだろうと罪が軽減されるわけではない。彼の言動を考えれば知らずに加担していたという可能性はまずありえないし、いずれ医者の男共々裁かれることになるだろう。

「……ロイさん、本当にありがとうございました。何とお礼を言っていいか……」

セリアは隣で男達を見送るロイに、改めて頭を下げた。

しかし、ロイは申し訳なさそうな顔で首を横に振る。

「いや、お礼を言われるようなことじゃないよ。っていうか、今回に関してはむしろ余計な真似をしちゃったかもしれないからね」

「いえ、そんなことは……」

「だってそのせいで、薬没収されちゃったわけでしょ？」

「……それは」

事実ではあったので、セリアは言葉に詰まり、思わず男達の方へと視線を向けてしまった。

医者の男から渡された薬は、今セリアの手元にはない。

本当に正しい薬なのか、仮に母親の症状が治ったとして副作用が発生したりしないのか、しっかり調べなければならないと言われ、没収されてしまったのだ。

もっともな言い分ではあったので、セリアも大人しく薬を渡したのだが――

「さっきも言ったけど、多分あの薬を使ってもセリアのお母さんは治っただろうからね。本当ならば、あの花は関係なかったんだ。まあだからこそ余計にタチが悪いんだけど。あの人達は最初から治せる薬を持ってたってことだからね」

「それは……そうかもしれませんが」

薬を既に渡してしまった以上、何を言っても仕方がない。

それに、秘薬でなくても母を治せる薬が存在しているということを知れたのは、セリアにとっては朗報であった。

他の医者に頼めばいいからだ。

そのための金銭的余裕がないという問題はあるが……何とかして稼ぐか、支払いを待ってもらえる医者を探すか、あるいは、最悪家を売ることも視野に入れるか。

しかし何にせよ、母の命には代えられない。そして、ここから先はセリア達家族の問題だ。

そんな中、ロイが遠慮がちに切り出した。

「まあ、お詫び……ってわけでもないんだけど、ちょっと僕にセリアのお母さんを診させてもらってもいいかな？　どうにか出来るかもしれないから」

「え……ロイさん、お医者さんでもあったんですか⁉」

予想外の提案に驚愕するセリアの反応を見て、ロイは苦笑しながら首を横に振った。

「いや、そういうわけじゃないんだけど、実は多少魔法が使えてね」

「魔法を、ですか……？　それはそれで驚きなのですが……」

魔法を使える人物は希少だ。

そもそも先天的な才能が必要であり、さらには魔法を教えてくれる師がいなければ覚えられないからである。

しかも、どういうわけか、魔法を使える者は偏屈というか、変わり者が多く、あまり弟子を取ろうとはしない。

魔法が使えるというだけで貴族に召し抱えられることもあるくらいなので、そんな人物が冒険者になるのはさらに珍しい。

有用な魔法が使えたら高ランクパーティーからも引く手あまたという話も聞く。

――というか、あれだけの強さを持っていながら魔法も使えるなんて、この人は本当に何者なのだろう。

セリアは呆然としながらロイを見つめた。

ロイがあまりにも〝自分は大したことない〟と言うため、彼女は自分の冒険者に対する認識が甘かったのかと疑いもした。しかし、はるかに格上のBランクの冒険者ですら一蹴するほどならば、やはりロイの強さがおかしいのだろう。

　とはいえ、変わった人ではあっても、良い人なのだということは分かっている。

　もちろん、良い人と思っていた医者から裏切られたばかりではあるが――そのことを理由にしてロイを信じないというのは少し違うだろう。セリアは、彼を信じたいと思った。

　何より、今の彼女には、ロイが差し出した手を振り払う余裕はない。

　他に選択の余地はなく、彼女は頷いた。

「……分かりました。それでは、お願いしてもよろしいでしょうか？　その……あまりたくさんはお支払い出来ないと思うのですが」

「いやいや、だからこれはお詫びみたいなものだからね。そういうのは必要ないよ。それにまあ、魔法使えるって言っても、本当に多少だから。正直、あまり期待しないでほしいかな」

　確かに、これはロイが厚意で提案してくれただけなのだ。多くを求めてはいけないのかもしれない。

　しかしそうは言っても、今まで彼がやってきたことを考えると、セリアはどうしたって期待してしまう。

　セリアは抑えきれない気持ちに突き動かされるように、ロイを自分達の家へと案内するのであった。

セリア達が営んでいる宿は、街の中でも特に奥まった場所にある。

偶然訪れた人や、物好きな旅人、そしてそういった人の中から気に入ってくれた人達のおかげで成り立っている小さな宿だ。

いつもならば胸を張って紹介できる大切な場所だが、どうしてか近付くにつれてセリアの緊張が高まってくる。

ロイは宿を見てどう思うだろうか……そんなことばかり考えてしまっていた。

「へえ……見た目は中々良さそうなところだね」

ロイがそう呟いたのを聞いて嬉しくなり、彼女は無意識のうちに笑みを浮かべていた。

「はいっ、わたしの自慢の場所ですから！　それに、外観だけじゃありませんよ⁉」

「そっか……それは少し楽しみだけど、その前にやらなくちゃならないことがあるからね」

「あっ……そ、そうでしたよね。すみません……お願いします」

母が助かるかどうかという状況なのに、自分は何を浮かれているのだろうと、セリアは恥ずかしさから逃げるように中に入る。

途端に彼女の視界に飛び込んでくるのは、見慣れたいつものエントランス。それなのに、どことなく他人の家みたいな落ち着かなさを感じる。

一階部分はカウンターと食堂を兼ねており、いつも少ないながらも誰かしら客の姿があった場所だ。しかし、今は誰一人としていない。

だがそれ以上に、母が元気だった頃には常に漂っていた、温かな雰囲気がどこにもなかった。

無性に寂しい気持ちになりながらも、何とか涙を堪えて奥へと進む。

セリアはカウンターを越え、その先にある扉を開けた。

「へえ……カウンターの奥にも通路があるんだね」

「はい。わたし達は普段、この先にある部屋で生活しています」

しばらく進んだ先にあるのは、二人で住むにはちょうどいいくらいの部屋。宿にある他の客室と大きさはさほど変わらない。

セリアの母は常々〝もしセリアが誰か良い人を連れてきて、この宿を継いでくれることになったら、自分は宿の部屋の方に移動した方がいいかもしれない〟などと、冗談めかして語っていた。

そんな部屋の隅にあるベッドの一つで、セリアの母が苦しげな呻き声を上げる。

セリアはロイのことも忘れて咄嗟に駆け寄った。

「お母さん……!?　大丈夫ですか……!?」

話しかけたところで、セリアの声が聞こえているのか怪しいくらいで、呻き声しか返ってこない。

母親の顔を見つめながら、セリアは唇を噛み締めた。

「っ……顔色が昨日……いえ、今朝よりもさらに酷くなっています……」

昨日はまだ喋れはしたのだ。だが今日は、朝から目覚めた様子すらない。

これほど苦しそうなのに、意識がないとなると、最早——

最悪の想像をして顔を青ざめさせるセリアをよそに、ロイがなんとも気楽に呟く。

「……うん。これなら治せそうかな？」

「——っ!?」

その声に反応し、勢いよく振り向くセリア。

すっかりロイの存在を忘れてしまっていたことに気付くが、今はそれどころではない。

「治せ、るんですか？　お母さんは、元気になるんですか……!?」

「うん、多分っていうかまあ、絶対かな？　それほど難しくもなさそうだからね」

あまりにあっけらかんと、まるで何でもないことのように言ってのけるロイを見て、素直に信じられるのはよほどの楽天家だろう。

しかし、彼の印象など、今はどうでもいい。彼が母を治せるのならば、治してくれるのならば、それ以外に一体何を望む必要があろうか。

「っ……お願いします！　わたしに出来ることでしたら、何だってしますから……！」

「いや、だからそういうのは必要ないって。さっきも言ったけど、半分くらい僕の責任だしね。まあアフターサービスってことで」

そう言って苦笑を浮かべると、ロイは唐突に指を鳴らした。

彼がやったのはそれだけである。

なのに……セリアはごくりと喉を鳴らした。

ロイの周囲を覆っている、目に見えない何かを感じた気がしたのだ。気のせいでなければ、それは魔力というものなのかもしれない。

魔法を使うために必要な力で、優れた魔法使いは、魔力だけで相手を威圧することすら出来るという。つまりロイにそのつもりがなくても、一般人のセリアが威圧されてしまうほど、彼の魔力が圧倒的なのだ。

「ごめん、ちょっと離れてもらってもいいかな？　多分影響はないとは思うんだけど、絶対に何もないとも言い切れないしね」

「は、はい……分かりました」

セリアが素直に離れると、ロイはぶつぶつと何かを呟きはじめた。

おそらく、魔法を使うのに必要とされる詠唱だろう。

セリアの母をジッと見つめながら詠唱を続けていたロイが手をかざし――

「――アンチカース」

瞬間、母の身体が淡い光に包まれた。

その光はすぐに消えてしまったものの、変化は劇的であった。

すっかり土気色になっていた顔の血色が良くなり、苦しげな呻きもなくなったのだ。

あまりに唐突な変化に驚き、セリアは呆然と母の姿を眺めることしか出来ない。

……しかし、ロイの魔法はそこで終わりではなかった。

「んー、良くはなったけど、これだけじゃさすがに無責任かな？　ついでだし、っと」

手を伸ばしたままの格好で、ロイは再び何事かを呟く。その詠唱は先ほどのものよりも早く終わった。

「――ヒーリングライト」

再度母親の身体が淡い光に包まれたが、今度はその光はすぐには消えない。顔色はどんどんと良くなり、すっかり血の気を取り戻して、やつれていた頬すら戻っていた。

そこにあるのは、セリアの記憶にある通りの、優しくて大好きな、母の顔だ。

穏やかな寝息を立てるその姿が、何故か唐突に滲んで見えづらくなった。

セリアの頬を冷たい何かがよぎり、地面に一滴の雫が地面に落ちる。

「ふぅ……うん、こんなとこかな？」

最早彼女にはロイの姿もよく見えず――

それでも、多分また何でもないような顔をしているだろうロイに向かって、彼女は深く頭を下げたのであった。

何度も何度も頭を下げ、大袈裟なまでに感謝の意を告げ続けるセリアに、ロイは思わず苦笑を浮かべた。

母親の治療が終わってからそれなりに時間が経過しているのに、彼女はずっとこの調子だ。

ロイにしてみたら、そこまでされるようなことではないのだが……ここで何か言うのも無粋かと思えば、口を出す気にもなれなかった。

この深い感謝はセリアがどれだけ母親を大切に想っているかの表れだからである。ならば、そんな相手を助けることが出来たという事実だけを受け入れればいい。

と、その時であった。お辞儀の姿勢で固まるセリアと苦笑しながら頭を掻くロイのすぐ近くで、セリアの母親が小さく呻いたのだ。

ただしそれは、先ほどまでのような苦しげなものではない。

「うぅん……あら？　あなたは……」

ぼんやりとした、それでもはっきりと生気が感じられる母の声が聞こえた瞬間、今までせき止められていた感情が溢れたかのごとく、セリアが勢いよくその懐に飛び込む。

母の手を掴んだ彼女の顔は、既に涙でぐちゃぐちゃだったが、ロイはそれをとても綺麗で尊いものだと思った。

「お母さん……!?　目が覚めたんですね……!?」

「セリア……？　ふふ、どうしたの？　そんな顔をして。怖い夢でも見たのかしら？　相変わらず甘えん坊ね。でも大丈夫よ、わたしが一緒にいてあげるからね」

妙に温度差がある二人の様子を見てロイはぽかんとするが、セリアはまったく気にしていない。どうやらこれが通常運転のようだ。

セリアの母親はのんびりしているというか、マイペースな人らしい。

しかし、そんな二人の姿を眺めながら、ロイは首を傾げた。

あれほど酷い状態だった割に、妙に早く目覚めたのが気になったからだ。

ロイは魔法に関して師から一通りのことは聞いたし、教えも受けている。だが、実際に使った経験はほとんどなかった。それは特に必要がなかったからで、回復魔法に至っては皆無だ。

それでも治せると思ったのは、セリアの母を前にしてそう感じ、確信が得られたからである。

魔法では、その確信が何よりも重要なのだ。出来ないと思ってしまったことは、どう頑張っても達成不可能だし、逆に出来るとさえ思えばどんな無茶でも可能になる。

魔法とは、そういうものなのだ。

しかし一方で、魔法は決して万能ではない。結果をもたらすには相応の対価が必要になる。

特に回復魔法はそれが顕著だ。

自然の理を無視して他人に作用させるのだから、反動で数日は寝たきりになったり、状況次第ではしばらく目覚めなかったりもする。ロイは師匠からそう聞いていたのだが……

「んー……目覚めてるし、もう上半身起こしてるんだけど……？」

先ほどロイが回復魔法を使ったのは、たとえ何かしらの反動があったとしても、そのままにしておくよりマシだろうと判断したからである。

まるで反動がないと分かっていたわけではない。

「とはいえ、僕は普通に魔法使っただけだし……もしかしたら師匠は謙遜でもしてたのかな？」

あるいは、そういう心持ちで、むやみやたらに使うなという戒めだったのかもしれない。

そもそもロイが魔法を教わったのは、彼に魔法を使う才能があるということが分かり、戦力の底上げになると期待されたためである。

それに、魔法が使えるようになれば色々な意味で使い勝手が増す。実際、ロイは魔法で水を出して喉を潤したり、火をおこして料理をしたりもしていた。

あるいは、最初から自分のことは一人で何とかさせるためだったのかもしれない。

ロイと魔法の師匠は決して親しい間柄とは言えない関係であったため、結局その真意は分からなかった。

魔法についてあれこれ考えていると、ロイはふと視線を感じて顔を上げる。

セリアとその母親がロイのことをジッと見つめている。

「ロイさん……改めまして、本当にありがとうございました」

「娘から話は聞いたわ。あなたがわたしを助けてくれたのですってね。こうして娘ともう一度お喋りできるようにしてもらえて、心の底から感謝しています」

そして二人は揃ってロイに頭を下げた。

「あー、うん、だから、そういうのは必要ないって言ったのに……」

いくら礼は不要と言われても、二人共譲る気はないらしい。

もっとも、それほど頑なになる理由もないので、ロイは素直に受け入れることにした。

「まあ、じゃあ、どういたしまして」

　ロイが苦笑交じりにそう言うと、顔を上げた二人が微笑みを浮かべる。

　セリアの頬にはまだ涙の跡（あと）があったが、それは言わぬが花というものだ。

「さて……それじゃ、無事に役目を終えられたようだし、僕はそろそろ行くね。ここからは親子水入らずの方がいいでしょ？」

「え……もう行ってしまうんですか？」

「ここで邪魔をするほど無粋じゃないしね」

　引き留めるセリアの言葉をやんわりかわして、ロイはこの場を後にしようとしたのだが……

「別に邪魔に思ったりはしないわよ？　むしろ、もっと話を聞きたいくらいだもの。この娘のことだから、あなたに迷惑をかけたんじゃないかしら？」

　母親にまでそう言われてしまうと、このまま立ち去るのはどうも躊躇（ためら）われた。

　彼女達の表情から、本当に自分のことを歓迎してくれているのが分かる。

　さてどうしたものかと唸（うな）るロイに、セリアが思い出したように声をかける。

「あっ……そういえば、ロイさん、今日泊まる宿は決めていらっしゃるのでしょうか？」

　彼女の意図を察したロイは返答に窮（きゅう）したものの……宿が決まっていないのは事実だし、嘘を吐くまでのことではない。

少し考えた末、彼は諦めて素直に答えた。

「いや……。大通りでセリアに会ったのは、ちょうど今日の宿はどこにしようかって考えてたところだったからね」

ロイの答えを聞いて、母娘は悪戯っぽく笑う。

「そうですか……ところでロイさん、ご存知ですか？　ここって実は宿屋だったりするんですが……」

「ふふ……宿を探しているところだったなんて、それは奇遇ね？　実は今なら、安く泊まれたりもするのよ？」

「あー、対価を望んでのことではないので、お金はちゃんと払わせてください」

「ふふ、そう？　それなら、その分精一杯おもてなしさせてもらうわね？　今日はさすがに他にお客様も来ないでしょうし」

「……まあ、それなら。じゃあ、楽しみにしています」

「えっと……つまり、そういうことでいいんですよね？」

期待するような目を向けてくるセリアに、ロイは苦笑を返す。

外観を見た時に良さそうな場所だと思ったのは本心だ。これも縁の一つだと考えれば、悪くはないだろう。

「うん。今日はよろしくってことで」

「はい……！　よろしくお願いしますね、ロイさん！」

「ええ、よろしくね」

そうと決まればと、セリアは椅子を用意してロイも一緒にお喋りをしようと誘う。

泊まるのとそれはまた別の話ではないかとロイは内心で首を傾げるが、この雰囲気では断れない。結局彼も母娘の会話に加わることとなった。

「ごめんなさいね、わたしだけこんな格好で」

セリアの母はベッドで上半身を起こした状態ではにかむ。

「いえ、治せたとは思いますが、僕の素人判断ですし、油断は禁物ですから。後でちゃんとお医者さんに見てもらった方がいいと思いますよ」

「お医者様……そうですね、新しいお医者様を探す必要もあるんですよね」

セリアの呟きに、母親が反応する。

「新しいって、どういうことかしら？」

どうやらそこに関してはまだ聞いていなかったらしい。

セリアから事情を聞いた母親は、それほどショックを受けた様子はなく、一言〝そう〟と言って頷いただけだった。

母一人でセリアを育てるのは大変だっただろうし、そのくらいのことなら難なく受け入れられる程度には彼女にも色々あったのかもしれない。

当然、話題はセリアがロイに依頼するに到った経緯などにも及んだ。

ロイも予想はしていたが、昨日のことは完全にセリアの独断だったようだ。

ばつが悪そうに俯くセリアを、母親が苦笑しながらたしなめる。

「まったくもう……この娘は……。ロイさん、本当にごめんなさいね、色々と迷惑をかけてしまって」

「いえ、僕はこれでも冒険者ですからね。出された依頼を受けただけで、迷惑をかけられただなんてこれっぽっちも思っていませんよ」

それは彼の本心だった。

……それに、セリアの母が助かって心から良かったと思ってもいる。

彼が依頼を受けたおかげで、二人は今こうして笑いあっていられるのだ。

自分でなければ出来なかったなどと自惚れるつもりはなかったものの、この結果はロイの手によってもたらされたものだと思うくらいなら許されるだろう。

魔王討伐隊では、本当に役に立てていたのか分からなかったが……こうしてその成果を目にすることが出来た。

ロイは心の底から、ここに来てよかったと思った。

そんな感慨に耽るロイを、セリアが不思議そうな目で見つめる。

「ロイさん……？　どうかしましたか？」

「ああ、いや、ごめん、ちょっと考え事をしてて。……話は変わるけど、誰かに恨まれたりする覚えとか、ないですか？」

それは話題を変えるためのきっかけではあったが、彼が気になっていたことでもあった。

だがセリアの母は、質問の意図がよく分からなかったらしく、不思議そうに首を傾げる。

「誰かに恨まれたりって……どうしてかしら？」

「ほら、お医者さんに騙されそうになったわけじゃないですか」

「ああ、そうね、そうだったわね。話を聞いただけだといまいち実感が湧かなくて……。でも、特に心当たりはないわね。宿屋を営(いとな)んで色んな人を相手にしている以上は、誰からも恨まれていないとは言えないけど、少なくともわたしには、思い当たる節(ふし)はないわ」

「……わたしもないですね。前にも言いましたが、基本、ここに泊まりに来てくださる方は良い人ばかりですし」

「そっか……。なら、手当たり次第だったってことなのかな？　んー、その辺も調べておければよかったんだけど、僕じゃ無理だからなぁ。彼女なら出来たのかもしれないけど……」

ロイが溜息とともに発した言葉が気になったらしく、セリアが真剣な目を向けた。

「……彼女、ですか？　えっと……ロイさんのお知り合いの方、でしょうか？　……親しそうな感じに聞こえたのですが、その、特別な方だったり……？」

いしね」

「ん――……いや、どうかな？　僕の魔法の師匠なんだけど、少なくとも向こうは知り合いの一人くらいの認識でしかない気がするなぁ。……正直、一度も笑いかけられた覚えもないしね」

「ああ、なるほど……お師匠様は女の人だったんですね」

「うん。付き合いがあったのはほんの短い間。でも、あの頃のほぼ唯一って言っていい知り合いかな。色々な魔法を使える人だったから、多分彼女なら何か調べられたと思うんだよね。……とはいえ、無理なことを言っても仕方ないし、その辺はギルドに期待かな？」

「そうですね……」

この街のギルドはかなり力を持っているらしく、余罪の洗い出しなどもするらしい。今頃、あの医者の家に調査の手が入っているだろう。そこから今回の一件に繋がる情報が見つかるのを期待するしかあるまい。

ロイには直接関係がないとはいえ、こうしてセリア達と知り合いになったのだ。再び同じような悲劇が繰り返されないようにと思うのは当然である。

事件に思いを巡らせるロイだったが、ふと〝彼女〟のことが頭に浮かんだ。

話題に出したから記憶が刺激されたのかもしれない。

口数が乏しく、滅多に顔の表情も変えない女性であった。

いや……正確には少女と言うべきか。

確か歳はセリアの一つ上くらいでしかなかったはずだ。

幼い頃から魔法の才を発揮し、ずっと魔法の研究をしていたらしく、若いながらに魔法の実力は魔王討伐隊の中でも随一だという話であった。

噂に聞く魔導士のイメージ通り、彼女も気難しい性格のようだったが、それでも嫌いではなかった。ロイとしては、出来れば友人になれればと思っていたくらいだ。

しかし、結局仲良くなる暇もなく別れ、それ以来再会することはなかった。

とはいえ、魔王との戦いの最後まで生き残ったと風の便りに聞くので、おそらく今も元気にやっているに違いない。縁があればそのうち再会するだろう。

それよりも、今はここにある縁を大切にすべきだと、ロイはセリア達との会話に意識を戻したのだった。

第三章　竜の涙

もし誰かがこの状況を目にしたら、これから起こる惨劇(さんげき)を予想して目を覆いたくなるだろう。

見渡す限りの魔物の大群(たいぐん)と相対するは、たった一人の少女。

絶望という言葉以外思い浮かばない光景であった。

水色の髪に、同色の瞳。ローブを纏っているために体格はよく分からないものの、少なくともこの少女は屈強(くっきょう)そうには見えなかった。むしろ成人しているかすら怪しいくらいに幼く見える。

その場にいる全ての魔物どころか、一匹の魔物を相手にするのも困難そうだ。

……そのことは魔物も分かっていたのだろう。舌なめずりをしながら、じりじりと包囲網(もう)を狭(せば)めていく。

だがその時、最前列にいた魔物の一体が足を止めた。

周囲から抗議(こうぎ)のような唸り声が響くが、その魔物は気にも留めないどころか、後退しようと僅かに身を引く。

それを見て、少女の唇からポツリと、声が漏れる。

「……なるほど？　少しだけ頭が使えるのも交ざっていたらしい」

そこで初めて、他の魔物達の中にも何かがおかしいと気付くものが現れたが――

「でも、もう遅い」

少女がそう呟いた時には、最初の一体は脇目も振らず逃げ出していた。

しかし……彼女の言葉通り、既に手遅れだった。

確かにこの少女は魔物一体にすら殴り勝つことは出来ないだろうが、そもそも彼女はそういうタイプではないのだ。

大勢の魔物に囲まれているというのに、怯えの一つも顔に浮かべていない少女が、その場を軽く見回す。

そして。

「――ファイアーストーム」

瞬間、周囲が業火に包まれた。

突然立ち上った複数の炎の柱が蠢き、絡み合い、火炎の渦を作り出す。

炎によって生み出される音は、魔物達の断末魔の悲鳴をも呑み込み、まるで巨大な炎の魔物が誕生したかのような唸りとなる。

やがて炎は、発生した時と同様に、唐突に姿を消した。

だが、その場には、魔物達の姿は影も形もない。一つの例外もなく、全てが灰も残さず焼き尽くされたのだ。

残されたのは、少女のみ。

彼女は周囲を見渡し、自分以外が残っていないのを確認すると、こくりと頷いた。

「……ん、おしまい」

そして炎と同じように、少女の姿もまた、唐突にその場から消え失せた。

──クラルス王国王都、クラルス。

その王城の一室で、一人の青年が机に積み上げられた書類と格闘していた。

一年前に終結した戦争の立役者である魔王討伐隊の中心を担ったこの国は、長い間魔王の脅威に晒され続けてきた歴史を持つ。

幾度も魔王に蹂躙され、国内は荒れ果てていたものの、今や復興を遂げつつあった。

だが、早すぎるその復興には、相応の理由がある。

端的に言ってしまえば、魔王討伐隊の中心人物達を抱え込んでの、周囲への恫喝めいた援助の要求。その成果であったわけだが……逆にそれくらいのことをしなければ、きっと今頃この国は滅んでいただろう。

魔王との戦争の矢面に立たされていたのはクラルスだが、戦争を続けていたのは人類全体である。

当然、他の国々も相応に疲弊し、傷を癒したがっていた。そのために最も手っ取り早いのは他から奪うという方法で、最も疲弊していたクラルスは格好の標的だったが——結果はご覧の通り。

さすがに魔王討伐隊の中心人物である聖騎士に大魔導士、それと勇者相手に喧嘩を売るほど間抜けな国はなかったようだ。

「とはいえ、そのせいでこの忙しさがあるんだとしたら、どっちが良かったんだって話だな。……いや、いくらなんでも亡国の王になるよりマシか。私を信じてついてきてくれた物好きな連中も、さすがにそれは御免だろうしな」

それでもこの忙しさはどうにかならないものかとぼやくこの青年——クラルス王国国王は、不意に耳に届いた音に顔を上げた。

ノックもなしに扉が開かれる。

無礼だなどと考えるよりも先に身体が動き、咄嗟に身構える。

……だが、扉が開いた先には誰の姿もなく、廊下だけが続いていた。

しかし、それに安堵したとばかりに、溜息が吐き出される。

「……はぁ。やれやれ……だから、姿を消したまま入ってこないでくれって何度も言っているだろう？」

独り言にしか思えないそれに、応える声があった。

同時に、さっきまで青年の他に誰もいなかったはずの室内に人影が現れる。

「……そのままだと騒ぎになるから、どうにかしてほしいと言ったのは、そっち」

それは水色の髪の少女であった。

童顔に加えてローブで全身が覆われているのもあってかなり幼く見えるが、単に背が低いだけで、成人済みだ。

青年は自分が世界で最も信頼出来る二人のうちの一人の姿を眺めながら、再度溜息を吐き出した。

「それはそうだが……姿を見られたら騒ぎになるということは、お前もよく分かっているだろう？」

「分かってはいるけど、どうでもいい」

「は……ははっ……そうだな、お前はそういうやつだったな。せめて扉を開ける前にノックするとか、直前で魔法を解くとか、色々とやりようはあるだろうとは思うが……まあ、お前に言っても仕方がないか」

何が楽しいのか笑い声を上げる青年の姿に、少女の方は首を傾げる。

彼は仕切り直しとばかりに咳を一つしてから切り出した。

「さて、それはともかくとして、随分戻るのが早い気がするが？」

「……ん、終わった」

「もうか？　結構な数が集まっていたって報告があったが」

「所詮残党。群れるだけなら、私の敵じゃない」

「ふっ……それもそうか」

魔王が操っていた魔物達の残党が集結しているという報告を受け、青年が念のために少女を派遣したのが、約一ヵ月前。

場所は北の国境のさらに奥で、この王都からでは馬車で片道一月はかかるはずなのだが——

「さすがはこの国……いや、世界で最強の魔導士だな」

青年はそう言って少女を労う。

「……あくまで、元。今はもう違う」

少女はふるふると首を横に振る。

その姿は淡々としたものではあるが、だからこそ強固な意志が感じられた。

未だに世界中の人々が世界最強の魔導士だと称え、大魔導士と呼ばれているというのに、強情なものだと、青年は苦笑を浮かべる。

彼女にとっては、それだけ衝撃的だったということなのかもしれないが。

「本当に世界で最強の魔導士は〝彼〟だから」

「……それ、口癖のように言ってるが、そんな凄かったのか？」

「……ん。私が魔法を教えた時、彼が初めて使った初級魔法の威力が、私の上級魔法の威力と同じくらいだった。……失望されないよう取り繕うのが大変だった。……そのせいで、無愛想な女だって思われてるかもしれない」

普段からその調子ならどの道大差ないんじゃないか――青年はそう思ったが、何のフォローにもならないので口にはしなかった。

それはそれとして、この滅多なことでは感情を表に出さない友人がそこまで言うなど、本当に必死だったに違いない。

出来れば〝彼〟が何も分からないままに、この友人が驚くほどの魔法を使う場面を、彼の一ファンとして是非とも見てみたかった。

しかし――と、青年は苦笑する。

「……ま、あの頃の時点で聖騎士などという大仰な名で呼ばれるようになってしまっていたこの身では、どうやったところで叶わぬことだった、か」

「……なに？」

怪訝そうに目を細める少女に首を横に振って応え、青年は別の話題を切り出す。

「気にするな、ただの愚痴だ。ああ、そうそう、ちょうどいい。その彼のことなんだがな――失踪したらしいぞ？」

「――――」

直後、青年が発した一言が引き金となって、少女が恐ろしい殺気を放った。青年が半ば本気で死を覚悟したほど、凄まじいものだ。

青年としてはなるべく何気ない調子で伝えたつもりだったのだが……失敗だったらしい。

「……どういうこと？　説明を要求する」

「分かったから、せめて殺気を収めてくれ。さすがにこの状況は、私でも生きた心地がしない」

「……いいから早く」

「言っても無駄、か。とはいえ、説明するようなことはほとんどないぞ？　お前が北に向かってすぐ、彼が失踪したって報告が、ルメール家のクロヴィスから上がってきただけだからな」

クロヴィスが当主を務めるルメール公爵家はクラルス王国でも有数の貴族だ。さすがに王家には及ばないものの、国内の貴族の中では頭一つ抜けた力と影響力を持っている。

それは王家でも無視出来ないほどで、時折その力を頼って、表沙汰には出来ない仕事を頼むこともあるほどであった。

　そう、今回のように、だ。

「……………そう」

「ちなみに失踪ってのは言葉の通りの意味だぞ？　消されたってわけじゃない。ま、そんなこと不可能なのはお前が一番よく分かってるだろうがな」

「当然」

「そりゃよかった——っておい、どこへ行こうとしてる？」

　話の途中なのに背を向けて歩き出そうとした少女を、青年は慌てて止める。彼女の行き先と、やろうとしてることが予想できたからだ。

「……決まってる。生きていたくないみたいだから、ちょっと滅ぼしてくるだけ」

「待て待て、あんなんでもこの国の貴族の第一位だ。いなくなったらさすがにこの国は保たん。そもそも、そういう家だからこそ、彼を任せられたんだ。それはお前も分かってるだろうに」

「……でも、その役目を自ら放棄した。それどころか、きっとそそのかした。違う？」

「ったく……何でそういうことには鋭いんだか」

　だが、その通りではあった。

　ルメール家は公爵家第一位の重鎮だったからこそ、彼——勇者を匿わせた。それくらいの権力がなければ、周囲に隠し通すのは不可能だったのだ。

彼の名も、力も、魔王を倒したせいで大きくなりすぎた。

国内に匿っていると仄めかしただけで、周辺諸国からの干渉がピタリと止まってしまうくらいに。おかげで、魔王の次は人間同士の争いという悲惨な事態は回避された。

姿が見えなくとも、十分すぎるほどの抑止力となったのだ。

しかしそれは、姿が見えなかったからこそとも言える。所在を明らかにしてしまえば、確実に狙われただろう。

その力を手にするために。

あるいは、排除するために。

そしてあのルメール家ですら、例外ではなかった。このまま勇者が居つけば、いずれ自分の座を追われると恐れたのだろう。

だから、彼が自らの意志で出て行くように仕向けた。

それならば、クロヴィスは責任を問われないし、罪があったとしても最低限のものとなるからだ。

「というか、あの家を滅ぼしてどうする？　そんなことをしたところで彼は戻って来ない。むしろ、自分のせいであの家が滅ぼされたと知れば、気に病むんじゃないか？」

「ぐっ……それは確かに。……分かった、見逃す」

「そうしてくれるとありがたいな。ああ、ちなみにだな、私は彼を連れ戻すつもりはないぞ？」

「っ……!? 何故……ううん。そう……そうなるのは最初から織り込み済み」

「本当に鋭いよ、お前は」

そう、これは全て青年の計算通り。そこまで考えて、青年はあの家に彼を任せたのだ。

「とはいえ、これは彼のためにやったことだぞ？ 本気でな」

「……何を」

「だってそうだろう？ これで彼は、ようやく自由になれた。クロヴィスは基本的に小心者だからな。痕跡は本気で消したはずだ。もう彼を直接知る人間以外は、彼が勇者だとは分からないだろう。そもそも、彼自身が知らないくらいだしな。そして直接彼を知る者は……」

「……残ってるのは私だけ、のはず」

「ああ、残りは全員死んだって話だな。クロヴィスだって、彼を知るリスクを分かっているだろうから、直接目にしてはいないはずだ。つまり、勇者を探そうにも探せないってわけだ。まあ彼のことだから、そのうち何かやらかして目立ちそうだが……それは単なる強い人間としてだ。勇者としてじゃない」

「……単なる強い人間って言うには規格外すぎる気がするけど……。でも、納得は出来た」

「それはよかった」

今までずっと向けられていた殺気が霧散し、青年は心の底から安堵する。

だが、少女は全てに納得したわけではないようで、その目には疑問の色が浮かび上がっていた。

「……けど、どうしてそんなことを？」

「うん？　どうしてって言われてもな……。彼は英雄として祭り上げられたり、力を利用されたり……そういうのを望んでいなかっただろ？」

青年は話に聞いただけだったが、きっと彼はそういう人間だと認識していた。

「……確かにそうだけど……話したことすらないのに」

「話に聞くだけで十分だったからな」

話によれば、彼はこの国どころかこの大陸の人間ですらないという。

なのに、何故助けてくれるのかという問いに、彼はきょとんとした顔で答えた。

困っている人がいて、助けられる力があるなら、助けるのは人として当然だろう、と。

ならば――

「彼が困った時には……いいや、彼が困らずに済むように力を貸すのは、人として当然のことだ。違うか？」

「……なるほど。納得した」

「それはよかった」

青年は心の底からそう思った。

直接〝彼〟の言葉を聞いたという少女が、その口元に微笑みを浮かべてくれるのならば、自分のしたことは間違っていないと確信出来たからだ。

「……それで、話はもう終わり？」

「一番言いにくかったのは終わったが、まだある」

「……そう」

「ま、次の仕事の話ってことだな」

「………………そう」

表情こそ変わらなかったが、少女の機嫌が急降下したのは明らかであった。きっと彼を探しに行こうとでも思っていたのだろう。連れ戻すつもりはないにしても。

だが、生憎今それを許せる状況ではない。

「とりあえず、続けるぞ。お前には、ちょっと行ってきてほしいところがある」

「……どこ？」

不服であっても仕事はちゃんとやる、ということらしい。

もっとも、これは彼女のためにもなるのだが。

「――辺境の街ルーメンだ」

「……？」

不思議そうな顔をしているが、まあ聞け。そこで近い内に奴隷市が開かれる」

「……確かに、この国では奴隷が禁じられている。禁じられた。でも、あそこは関係ないはず。何か問題でも？」

「まあな。うちの国どころか、どこの国にも属してないからな、あそこは」

現状世界で唯一、どこの国家にも属していない中立地帯。それがルーメンだ。

元々未踏の地へと挑むための拠点としての性質も持つため、余計なしがらみに縛られないよう、全ての国は干渉を禁じられている。

実質的に冒険者ギルドが治めていると言ってもいい状態だ。

辺境で得られる素材等は旨いが、だからといってその利権を求めて手を出すのは余程の間抜けだけである。

周囲には魔の大森林を始めとする危険も多いこともあって、下手をすれば損害の方が大きくなってしまう。

それに、あの街が健在でいられるのは、常に冒険者達が周囲の魔物を間引いているおかげだ。それもこれも、冒険者ギルドが強い力を持っているからこそである。どこかの国が同じことをやろうとしたところで、きっと冒険者達は従うまい。

ともあれ、そんな特殊な街であるため、他の国が禁じているようなことも堂々と出来る。
ある国では所持しているだけで死刑となるような非合法のものが取引されていても、他国はそれに干渉してはいけない。

――本来ならば。

「奴隷の売買なんてのをやる商人は、結局のところ後ろ暗いやつらばっかりだからな。それを隠れ蓑に、別の取引が行われることも珍しくない」

「……つまり、それが何かマズい代物だと？」

「――竜の涙」

青年がその名を口にした瞬間、少女の全身から本日最大の殺気が溢れ出す。

しかし、青年は驚かなかった。

彼女の反応は予想できていたし、何よりも同感だったからだ。

「っ……もう戦争は終わったのに、まだ続けたいの？」

「ま、勇者の名と虚像だけで抑えておくのにも限界はあるってことだろう。想定通りだって言えば、想定通りだ。……ここまでアホな連中がいるとは、さすがに想定外だがな」

「……とりあえず、分かった。滅ぼしてくる」

「今度は止めないが、あの街に迷惑はかけないようにな」

直後、少女は返事もせずに姿を消した。

その場を眺めながら、思わずといった様子で青年は苦笑を漏らす。

「やれやれ……頼もしいことだな」

とはいえ、彼女が転移できるのは国内に限られている。

国境の付近までは一瞬で移動出来るが、そこからさらに移動する必要があることを考えれば、どれだけ急いだところで五日はかかるだろう。

それを考えると、実に絶妙なタイミングで戻ってきてくれたものである。

最悪、青年は自分で出ることも考えていたところだ。

「ま、正直なところ、その必要がない可能性は高いんじゃないかと思っているんだがな」

呟きながら、懐から一通の報告書を取り出す。

先日調査結果が出たばかりの、〝彼〟の行き先に関するものであった。

徹底的に痕跡は消されていたが、クロヴィスとはそれなりに長い付き合いなのだ。癖のようなものはよく分かっている。そうした細かな情報や推測を積み重ねて、〝彼〟がどこに向かったか、おおよそのところは掴んでいた。

「可能性としては西が最も高い、か」

そしてクラルス王国の西にあるのは、世界で唯一の中立地帯だ。

「ふっ……よく働いてくれる友人兼部下には、たまには休暇と褒美を与えるべきだろう？　私はこれでもお前にも感謝しているのだからな」

まあ実際にどうなるのかは分からないが、そこは神のみぞ知る、といったところか。

「頑張ってほしいが……こればかりは当人の努力だけではどうにかなることではない。色々な意味で、だが」

とりあえず、今自分に出来るのは、祈ることくらいか。

青年はその報告書を握り潰すと、そのまま暖炉（だんろ）の火にくべるのであった。

目を覚ますなり、ロイはベッドの上でぐっと身体を伸ばした。

眠気が残っているからではなく、むしろ思っていた以上に爽（さわ）やかな目覚めとなったからだ。

「んー、それだけここが快適だったってことなのかな？」

別に意外というわけではない。

隅々（すみずみ）まで掃除が行き届いている部屋。決して高価ではないが品が良く、とても落ち着く寝具（しんぐ）や調度品などなど。

この宿では、宿泊客が快適に過ごせるようにという工夫と気遣（きづか）いが、そこかしこで見られた。

ロイが今まで泊まった宿の中には、もっと上等な調度品を使っている宿もあったし、見るからに高級な雰囲気の宿もあった。

そういう宿の方が気に入るという人もいるだろうが、少なくともロイは、それらのどれよりもセリア達の宿の方が心地よいと感じたのである。

「ま、昨日はのんびり出来たからなのかもしれないけど」

結局ロイは、昨日一日中セリア達と昔の話などをして過ごした。

おそらくそれは、彼がこの街に来て以来最もゆったり出来た時間だっただろう。

もちろん、ロイも今までのんびりと好き勝手に過ごしてきたつもりだ。

しかし彼が主にやっていたのは、この街の観光に近い。

街に何があるのかを把握し、慣れるためではあったが……ある意味、自分が外の人間であることを明確にする行為でもあった。

しかし、ひたすらどうでもいい雑談をして過ごしたおかげで、少しだけこの街に腰を据えたという実感が得られたのかもしれない。

「……そういえば、今日は目が覚めてもどこにいるかはっきりしてたなぁ」

それはようやくこの街に慣れてきたという証左（しょうさ）なのか、もしくはこの宿が良かったのか。

どちらなのかは確かめようもないが、少なくとも悪い気分ではなかった。

「さて、と」

気持ちを切り替えるように呟きながら、ロイは立ち上がった。

今日やることは特に決まっていないが、とりあえずは朝食でも食べながら考えればいい。

この宿は朝昼晩の食事付きなのだ。

とてつもなく美味しいとは言えないものの、どことなくホッとする味で、少なくともロイの好みの味ではあった。

今朝はどんな食事が出てくるのだろうかと、少し楽しみにしながら食堂に向かうと、そこには既に先客がいた。

「あっ……おはようございます、ロイさん！」

ほぼ同時にロイに気付いたセリアが、満面の笑みと共に挨拶を口にした。

その姿は、昨日までロイが抱いていたセリアの印象とは僅かにずれがある。

しかし、おそらくはこちらの方が彼女の素なのだろう。

母が倒れたりなんなりして、普通の状況ではなかったのだ。

だが、一晩寝てようやく日常が戻ってきたのだという実感が湧き、本来の彼女が顔を見せるようになったに違いない。

自分が果たした成果に少し嬉しくなり、ロイの顔にも自然と笑みが浮かぶ。

「うん、おはよう、セリア。随分早いんだね？」

「それはこちらの台詞だと思います！」

確かに、彼女は宿の人間なのだから、早く起きるのは当然であった。

そんな当たり前のことすら頭に浮かばなかったのは……思ったよりも彼女に心を許しているからだろうか。

客と従業員という関係よりも先に、友人のように認識していたのかもしれない。

我ながら随分らょろいものだな――と、ロイは密かに苦笑した。

そんな中、奥からセリアの母も顔を出してくる。

「ふふ……二人とも、朝から元気ね」

「あ、おはようございます」

「ええ、おはよう」

顔色などはすっかり問題なく、足取りもしっかりしている。

それでも念のためロイは確認した。

「一晩明けましたが、何か身体の調子におかしなところはありませんか？」

「ええ、見ての通り問題なさそうね。というか、昨日も散々大丈夫だって確認したでしょうに」

「そうなんですが、時間を置いたら何かあるかもしれませんし」

昨日、彼女が夕食を作っている間ずっと、ロイは近くで様子を見ていた。しかし、ロイは医者ではないので、彼女の体調の善し悪しを完璧に判断できるわけではない。

「おかしいと思ったら僕……に言うよりは、医者に行った方がいいですね。僕が近くにいるとは限りませんし」

「あら……引き続きここを利用してはくれないの？」

「あー……正直、どうしようか迷ってるんですよね。この街に来てから毎日宿を変えているので」

「えっ……ロイさん出て行っちゃうんですか⁉」

迷っているのは一応本音であったが、セリアがあまりにも残念そうな顔をするので、ロイは苦笑を浮かべる。

ロイは客なのだから、いつ出ていっても不思議ではないだろうに。

「もっと泊まっていきましょうよ、ロイさん！　他の宿よりもここの方が……その、特にいいところはないかもしれませんが！」

「いやいや、それは駄目な誘い方だと思うよ？」

「まったくね。我が娘ながらこれは……そろそろ本格的に色々と教えないとねえ。ああでも、もしかしたら教えない方がいいのかしら？　……その方があなたにとっては魅力的かもしれないものね」

「一応聞いておきますが、それはどんな意味でです？」

「その方があなた好みに染めやすいでしょう？」

「えっ、わたし、ロイさんに染められちゃうんですか⁉」

母の冗談を真に受けて、顔を赤らめるセリア。

「染めないってば。何言ってるんですか、まったく……」

そんなロイの言葉など聞こえていないのか、セリアは何やら真剣な表情で唸りはじめる。

「ぬぬぬ……いえ、ですが、ロイさんがそれで泊まってくれるというのなら……わたし、染められます……！」

「だから染めないってば。……っていうか、そんなことしなくても、泊まるって」

「えっ……本当ですか⁉」

半ば勢いに押されるような形ではあったが、ロイは承諾することにした。

まあ、迷っていると言いつつも、最初から泊まる方に傾いてはいたのだ。

そしておそらく、彼女達は商売抜きで残ってほしいと言ってくれているのである。それに応えない理由はない。

「ま、宿代は安いし、ご飯は美味しいし……居心地もいいからね」

「っ……わーい、やりました！　またロイさんと一緒です！」

全身を使って大袈裟に喜びを表現するセリアの様子に、ロイと母親は思わず顔を見合わせる。

満面の笑みを浮かべながら両手を高く上げるその姿に釣られるように、ロイも口元を少しだけ緩めるのであった。

セリアの母が作った朝食を堪能したロイは、その足で冒険者ギルドを訪れていた。

この街の冒険者ギルドはいつも多くの人で溢れているが、一日の中でもとりわけ賑わうのは朝と夕方だ。

朝は依頼書が更新されるので、割の良い依頼を手にしようとする冒険者達が殺到するのと、その冒険者達が依頼を終えて報告に来るのが夕方になることが多いからである。

もっとも、依頼が更新されるのは早朝であり、既に争奪戦は終わった後のようだ。

受付もちょうど一段落ついたらしく、どことなく気だるげな空気が流れている。

そんな中、ロイはいつもと同じ受付職員の女性のもとへと向かっていく。

彼女――アリーヌという名のこの女性は、ロイが冒険者になった時に応対してくれた人物で、それ以来何となく彼女のところへと行くようになっている。

彼女の方もロイのことは覚えていて、一応の顔見知りとして安心感があるのも理由の一つかもしれない。

ロイはまだFランクの冒険者で、右も左も分からないのだ。様々な知識を備える受付職員を頼りにするのは当然と言えば当然で、今日もその力を借りに来たのである。

　アリーヌは入ってきた時からロイに気付いていたのか、特に驚いた様子もなく、いつも通りの笑みで迎えてくれた。

「おはようございます、ロイさん。本日はどのようなご用件でしょうか？」

「はい、実はちょっと昨日の件について聞きたいんですが……可能ですかね？」

　昨日の件……つまり、あの医者達の件についてだ。とはいえ、セリア達に頼まれたのではなく、どちらかと言えば、彼自身の好奇心によるものであるが。

「昨日の件、ですか……本来ならばお答えできませんと言うところですけれど、ロイさんは関係者ですからね」

「ってことは、僕が関わっていたって知ってるんですね？」

「はい。報告がありましたから。それに、あなたが知りたがっているであろう情報も既に纏めてあります」

　どうやら、ロイが何を聞こうとしているのかまで推測されているらしい。

　自分はそこまで分かりやすいのかと、ロイが尋ねる前に、アリーヌは立ち上がった。

「しかし、その話をする前に場所を移動させていただいてもよろしいでしょうか？　ここで出来る話ではありませんから」

「あー……確かにそうですよね。了解です」

アリーヌは隣の女性に何やら目配せしてから歩き出す。

彼女に続いて向かった先は、ギルドの奥にある応接室にもなっている部屋だ。

置かれている調度品などは一目で高級品だと分かるような代物ばかりであったが、特に緊張しなかった。

ロイは魔王討伐隊時代の経験から、こういうものに慣れているからなのかもしれない。

あんな経験でも役立つことがあるものだな……と、昔を思い出しながら、ロイは部屋の中央のソファに腰を下ろす。

ちなみにロイがここに来るのは二度目で、先日は彼が持ち帰ってきた魔物を置く場所がないと言われて連れて来られた。

一時的にとはいえ、こんな場所を倉庫代わりにしてしまっていいものかと思ったが、今は綺麗に片付けられている。部屋や調度品などに傷がついている様子もないので、どうやら問題はなかったらしい。

アリーヌは手前側に座ったロイの向かいに腰を下ろすと、真剣な顔で口を開いた。

「さて、それでは先ほどの続きですけれど……昨日、念のため接収した薬についてでよろしいですよね？」

「うーん、そこまで分かりやすいつもりはなかったんだけどなぁ……」

見事に言い当てられたロイは苦笑したものの、気を取り直して本題を切り出す。

「まあいいや。はい、そのことで合っています。ちなみに、あの薬に関しては、どのくらい調査が進んでいるんですか？」

「薬に関する調査自体はもう完全に終わって、効能なども判明しています」

「そうですか……。じゃあ、確認したいんですが、あの薬は病気を治療するものではなかったのですよね？」

「……そこまで断言するということは、やはり中身の想像まで付いていらっしゃるようですね」

「やはり、ですか……？」

まるでロイがそこまで推測できていると確信していたかのようなアリーヌの物言いに、彼は首を傾げる。

「実は、あの薬の効果が判明した直後、私達は宿に人を派遣したのです。状況次第では一刻を争うと思われましたから。しかし、宿に着いて確認したところ、あなた達三人が和やかな雰囲気で談笑していた、というわけです」

「ああ……あの時誰か覗いているなって感じたけど、ギルドの人だったんですね。悪意とか感じなかったから手を出さなかったんですが、正解だったみたいで、よかったです」

「……気付いていたのですか？」

「……？　特に隠れてなかったですし、さすがに気付きますよ。まあセリア達はそれどころじゃなかったでしょうけど」

「……そうですか。ともあれ、状況から、既に問題は解決したと判断しました。そしてあの場にいる中で解決が可能だったのはあなただけでしょう。彼女達に出来るのならば、最初から冒険者ギルドに来てはいませんから」

「なるほど」

確かに、それならば、ロイが薬の効果を推測していると考えるのが当然だろう。

「じゃあ、あの薬の効果はやっぱり〝解呪〟だったんですね」

「はい。非常に珍しいことですけれど」

「あれ、そんなに珍しいんですか？」

「知らなかったのですか？　そもそも、解呪は普通の魔導士には出来ません。それが可能な薬なのですから、珍しいのは当然です」

「うん？　でも、僕は初めてだったのに簡単に呪いを解けちゃったんですが……」

回復魔法については注意を受けたものの、解呪に関しては特に何もなかったこともあり、ロイにはそれほど難しいものだという意識はなかった。

だが実際はそうではなかったらしい。

「基本的に、呪いは対抗するか防ぐものであって、解くものではありません。……少なくとも、私の知る限りでは、解呪を使える魔導士を抱えることが出来るのは一国の王くらいのものです。そもそも、呪いというのは高位魔法で、使用出来る人が滅多にいませんから、普通はそこまで対策する必要はないというのもありますけれど」

「んー……師匠の教えが良かったんですかね？」

さすがは世界で最強の魔導士だけあると、ロイは感心するように頷いた。

「ちなみに、珍しい薬ということは、お値段は……？」

「当然相応のものになります。そうですね……アモールの花から作られた秘薬ほどではありませんけれど、その半分ほどはするでしょうか。下手をすればもっとかもしれませんが」

「え……そんなにですか？」

特別な力は感じなかったし、何より詐欺に使うくらいなのだから、正直もっと安いものだとロイは思っていた。

手間などを考えれば、そこまでの儲けにはならなかったのかもしれない。

だからといって、あの男達がやったことは許されないが。

「動機とか背後関係の取り調べは、進んでるんですか？」

「いえ、そちらに関してはまだです。というよりも、行われるのはしばらく後になるかと思います。彼らの取り調べは冒険者ギルドの本部で実施されることになりましたから」

「冒険者ギルドの本部、ですか？」

ルーメンの冒険者ギルドは各地にある支部の内の一つでしかなく、当然本部は別の場所にある。それがクリルス王国にあるということはロイも知っていた。

彼がこの街に来る以前、世話になっていた国である。

正直、思うところがないでもなかったが、既に関係のない場所だ。

それに、今はそれよりも考えるべきことがある。ロイは僅かに横に逸れた思考を戻した。

基本的に、冒険者ギルドの支部であっても、本部と同じくらいの取り調べは出来る。それでもわざわざ本部に任せる理由は――

「そこまでの何かをやらかしていた、と？」

「いえ、先ほど言いましたように、取り調べはまだ行われていませんから、私達には分かりません。彼らが本部に送られたのは、二十年以上もこの街で医者をやっていた者に加え、Bランクの冒険者まで関わっていたからです。その事実を重く受け止めて、上は本部に任せるべきだと判断したようです」

「……なるほど？」

ロイはいまいちピンとは来ていないが、そういうものなのだろうと納得した。

「なお、昨日の時点で移送されましたから、既に彼らはこの街にはいません」

「そうなんですか……」

せめて動機だけでも吐かせておくべきだったと、ロイは後悔しかけたが、生憎尋問などやった経験はない。どの道上手(うま)くいかなかった可能性は高かった。

「ちなみに、何か分かったら教えてもらうことは可能ですか？」

「そうですね、可能と言えば可能ですけれど……実はその件と関係するかもしれないことで、あなたにお願いがあります」

「お願い、ですか？」

「はい──と、どうやらちょうどいいタイミングだったようですね」

そう言いながら、アリーヌは部屋の扉へと視線を向ける。

コンコンと、ノックがされたのは、ちょうどその時であった。

「どうぞ。お入りください」

「はいっす！　失礼するっす！」

そうして許可を得て部屋に入ってきたのは、栗色の髪に同色の瞳を持つ女性であった。

その外見は若々しく、まだ二十歳前後といったところだ。

ロイが知っている相手ではない。

だが……見覚えのある顔ではあった。

「あなたは……確か、グレンさんのところの」

「お？　あちしのような下(した)っ端(ぱ)のこと、覚えていてくれてたんすか？　それはちょっと照れるっすね……」

「いや、下っ端って……」

グレンのパーティーの中では実際に下っ端なのかもしれないが、それでも、下っ端という言葉で表現するのが適切な人物ではあるまい。

グレンのパーティーは全員Aランクの冒険者で構成されているという。それはつまり……彼女もまた、Aランク——超一流の冒険者だということなのだから。

「お顔はご存知のようですけれど、一応紹介はしておきましょう。彼女は、フルールさん。グレンさんをリーダーとしたパーティー『紅蓮の獅子』のメンバーの一人で、Aランク冒険者です。そしてロイさん、あなたには今回、彼女と共にあるモノを探していただきたいのです」

「フルールっすー　よろしくっす！　是非ともあちしと一緒に——『竜の涙』を、探してほしいっす！」

フルールは超一流の貫禄をまったく見せずに、むしろ本当に下っ端の如く勢いよく頭を下げたのであった。

初めて来た時は面食らうほどの賑やかさを誇る辺境の街ではあるが、さすがに一週間も

観光を続けていれば、ある程度は慣れる。

だが、そんなロイでさえ驚くくらいの喧騒が、今日の街中には広がっていた。

「今日はいつにも増して賑やかだなぁ。まるで祭りみたいな感じだ」

思わず漏れたロイの独り言に、隣の人物から肩をすくめるような気配が返ってきた。

「まあ、この街は大体いつもそんな感じじって言えばそんな感じっすけどね。初めてここを訪れた人は決まって〝今日は何の祭りをやっているんですか?〟って尋ねるなんて、よくある笑い話でもあるっすし」

そう言って、フルールは周囲を眺めながら苦笑を浮かべる。

「ああ、やっぱりよくあるんですね、そういうの。僕も実際、そんな風に思ったわけですが」

「あるあるっすわー。まあ、今日に限っては祭りっていうのも間違いじゃないっすけど」

「奴隷市、ですか」

ロイは周囲を眺め、目を細めた。

今のところそれらしきものは見かけないが、冒険者ギルドの受付職員である彼女の情報なので、間違いはないだろう。

ロイ達がこうして街中を散策しているのは、今日ここで取引されるという竜の涙を探し出し、可能ならば奪取するという目的のためであった。

それはアリーヌ個人の頼みではなく、ギルドからの正式な依頼で、本来なら、新人のＦランク冒険者が請け負うようなものではない。

それなのに、フルールのパートナーとしてロイが抜擢されたのには理由がある。新人であるからこそ、逆に良いらしいのだ。

ランクが上がるほどに、冒険者は知名度も増していく。高ランクの冒険者を動かしてしまえば目立つし、傍目にも何かを探っているというのがバレバレで、相手に警戒されてしまう。

そこで、知名度のまったくない新人を交ぜることで重大性を中和させ、誤魔化すのだとか。

正直、それで本当に上手くいくのか、そもそもそんな大事な任務を自分が担ってしまって良いのかと、ロイとしては疑問を覚えるところだ。

だいたい、駆け出しにすぎない自分が、ギルドからそこまでの信頼を得ている理由が分からなかった。

弱かったとはいえ、Ｂランクの冒険者を倒したことで過大評価されてしまったのかもしれない。

とはいえ、その期待通りに動けるかはさておき、ギルドの信頼を裏切るつもりはないし、せめて出来る限りのことはやってみようと、ロイは密かに気合いを入れた。

他にも動いている人達はいるので、そこまで気を張り詰める必要はないし、成功しても失敗しても、昨日の男達の続報は教えてくれると、アリーヌは約束してくれたのだが、それはそれだ。

もっとも、いくら気合いを入れたところで、ロイに分かるのは街が普段よりも賑やかだということとくらいだった。

「そういえば、どうして奴隷市が開かれるというだけで、こんな風にお祭り騒ぎになるんですか？　正直なところ、よく分からないんですが……」

ロイが口にした率直な疑問に、フルールが、あー、と納得したような声を漏らしながら応える。

「事情を知らなければそう思うのも無理ないかもしれないっすね。というか、奴隷市自体は街のほんの一部で隠れるようにやられてるだけっすし」

「そうなんですか？　ここでは別に売買が禁止されてるわけじゃないですよね？」

「それでも、世界的な流れとして少しずつ禁止にする国が増えはじめてるっすからねえ。今はあくまでも売買が禁止されてるだけで、所持までは禁止されてないっすけど、それも時間の問題だって話っす。そうなれば、必然的にここでも奴隷の売買はしづらくなるっすよね。で、人目を気にして買い控える人が増えるくらいなら、最初から隠れるようにやってた方がまだいいってのが、奴隷商達の判断らしいっす」

「まあ、正直僕も奴隷の売買ってのは良い気がしません。だから、どうしてここまで賑やかになるのか疑問に思ったわけではありますが……って、あれ？　でもそれなら、なおさらこの賑やかさの説明がつかないような……？」

「奴隷に限らず、ちょっと後ろ暗いもんは意外と多いっすからね。そういうのが集まって、ついでってことで商売やった結果、こんな状況になったらしいっす。きっかけとなった出来事があったのは、もう十年以上前らしいっすが」

つまり、あまり堂々とは買えない——他の国では禁止されているような品物が、今日ここには集まっているのだ。

「なるほど……それならば、普段以上に賑わうのも当然ですね」

「あ、ところで、さっきからずっと言おうと思ってたんすが、あちし相手にそんな丁寧に喋る必要はねえっすよ？　もっと雑な態度でいいっす」

「へ？　いやいや、それはさすがに……」

確かに、どことなく下っ端のような喋り方をしてはいるが、この女性はAランクの——実質的に最高位の冒険者なのだ。

その上にSランクというものもあるが、これは世界を救うなどの桁外れな偉業を成した者にのみ与えられる例外的なランクだ。

ともかく、そんなAランク相手に、新人冒険者がどうして雑な態度などを取れるというのか。

「あちしはむしろ、その方がいいんすよ。結局、下っ端なわけっすし」

「本当に下っ端だとしても、それはAランクの中の話で、結局最上位なのは変わらない気がするんですが……」

「……いえ、分かりました。これでいい？」

ロイはしばし逡巡したものの、フルールにじっと見据えられ、覚悟を決めた。

「いいっす。あー、そうっすよ、これっす。この感じっす。これでようやく落ち着いたっすよ」

確かに彼女は先ほどまでよりも肩の力が抜けたように見えた。もしかしたら、人に敬われるのが苦手なタイプなのかもしれない。

ロイもそっちのタイプなので、彼女の気持ちは理解できた。

「じゃあ、ここからは普通に話させてもらうけど……ということは、僕達が探してる竜の涙も、そういうものの一つ、ってこと？」

「まあ、そっすね。というか……やっぱ竜の涙って名前じゃ分からなかったんすね」

「え……もしかして、有名なやつだったりするの？　確かに、竜って名前が付いてる時点で、何か凄そうだけど……」

「あー、いやまあ、そっちの名前だと、多分そこまでじゃないと思うっす。知る人ぞ知るって感じっすかね。貴重なもんだとか、魔法関係の品に興味がない人なら、知らなくても当然かもしれないっす」

彼女の口ぶりでは、他にも呼び名がありそうだ。

ロイが視線で問うと、フルールは肩をすくめて応える。

「ま、多分もう一つの呼び名の方なら、さすがに知ってると思うっす」

「それは？」

「――『賢者の石』っす」

「……うわぁ」

思った以上の大物が出てきたことに驚き、ロイの口から変な声が漏れる。

賢者の石の名は、さすがのロイでも知っているほど有名なものだ。

だがだからこそ、同時に疑問も浮かんだ。

「あれって確か、凄い薬の原料になるやつじゃなかった？」

「そっすね。あらゆる傷を癒し、寿命すら延ばすとされる霊薬が作れるっす。アモールの花の秘薬よりも、さらに凄いやつっすね。……だけど、薬っていうのは、多すぎれば毒にもなるっすから」

フルールが最後にぽつりと口にした言葉は、ただの一般論ではないだろう。

口調こそ軽かったが、周囲を見回す彼女の表情は真剣そのものだったからだ。

　それに、賢者の石がどれほど希少なものであっても、作り出される霊薬の効果だけを考えれば、他国で禁止されるほど有害とは思えない。また、非合法なものが取引されるという今日この場に持ち込まれるのにも相応しくなさそうだ。

　ということは——

「……本当に毒も作り出せる、と？」

「似たようなもんすね。まあ一般には知られてないんすけど。そういう事情もあって、実は賢者の石ってのはどの国でも取引が禁止されてるんす」

　そうなると、この依頼は思った以上に危険と隣り合わせなものなのかもしれない。

　ギルドから正式な依頼が出されたのも、その辺が理由といったところか。

「ま、意外とそういうのは多いんすけどね。というか、希少な薬の材料は大体そうっすね。だからその辺のは、どの国でも取引するのは禁止されてるっす。実はアモールの花とかダメなんすよ？　ま、基本的には昔の名残らしいんすが」

「昔の？」

「魔王と戦争が始まる前あたりっすかね……その頃、薬とかいって取り寄せながら、実際には毒として用いられるのが流行ってたらしいんすよ」

「嫌な流行だなぁ……」

「まったくっすね。で、詳細は伏せるっすけど、各国も見過ごせないほどのもんだったから、禁止されたってわけっすね。っていうか、竜の涙に関してはこの街でも禁止なんすが……まあ、今日は色々なものが持ち込まれることもあって、普段よりも警備が緩いっすからねえ」

「なるほど……それで奪取しろなんて言われたのか」

たとえギルドの依頼でも、誰かの所有物を奪い取るのはまずいのではないか。ロイはそれを気にしていたが、禁止されているものであるならば、むしろ没収するのは当然だろう。

「とはいえ、そういう危ないモノだと、がっちり警戒されてそうだなぁ」

「んー、どうっすかね。これ見よがしに護衛をつけたりすると怪しいものがあるって宣伝してるも同然っすからねえ。多分腕っこきを一人か二人置いてるだけだと思うっすよ。だからこそ、それに対抗できるように、あちし達も割り振られてるわけっすし」

「そっか……。なら、僕は荒事には参加せずに済みそうかな？」

Ｆランクが戦闘に参加したところで邪魔になるだけだろうから、最初から人数に含まれていないはずだ。

密かに安堵していると、不意にフルールからの視線を感じて、ロイは顔を向けた。

「うん？　どうかした？」

それからそう尋ねたのは、彼女が何故か不思議そうな顔でロイのことを見つめていたからだ。

「いや……珍しいなって思ったんす。普通、自分が力を持っているって自覚したやつは、増長したり勘違いするもんなのに、そういった様子がまったくないっすから。特に下位ランクの冒険者はそんなんばっかっすし。……正直、あちしもそんな時期があったっす」

「あー、いや……僕も同じで、昔はそういう時があったよ？　既に通り過ぎただけっていうか。まあ、周囲がちょっとアレすぎて一瞬で終わったんだけど」

「どんな状況だったんすか……。というか、ちょっと気になってたんすけど、ロイさんって、もしかして東の方の出っすか？」

「あれ、よく分かったね？」

「髪の色とか、珍しいっすからね。滅多に見ない色っすし、話に聞いたこともあったっす。東の方の、海を越えた先に、珍しい色の髪や瞳を持つ人達がいる、って。とはいえ、交流があったのは昔の話で、今は途絶えてるはずっすけど。そもそも、現代では海に出られないっすし」

　原因は未だに不明だが、昔と比べて魔物達の動きが活発に、また凶暴になったため、現代では海を渡る手段が失われてしまったのだ。

「ああ、うん、らしいね」

「らしいって……他人事みたいじゃないっすか」

「実際、半ば他人事だしね。実は、僕もどうやって来たのか分からないんだよね。気が付いたらこっちにいたから」

あっけらかんと言うロイに、フルールは目を瞬かせる。

「へ？　そうなんすか？」

「うん」

およそ三年前……何の前兆もない、ある日の朝のことだった。

目が覚めたら、何故かロイはこっちにいたのだ。

「そんなことがあるんすね……。でも、確かに転移の失敗とかでたまにそんな話も聞くっす。誰かの転移に巻き込まれた、とかっすかねえ」

「かもね。まあその手の何かに巻き込まれたんだろうとは思うけど」

「……結構平気そうっすね？」

「平気っていうか、慣れたって感じかな。元々親兄弟もいなかったし、積極的に戻ろうって気持ちもなかったから、そのせいもあるかもしれないけど」

「んー、まあ魔王が倒され影響で一部の魔物は大人しくなったとも聞くっすから、そのうちまた海を渡れるようになれるかもしれないっすしね。そうなれば帰れるかもしれないっすよ」

「……そうだね」

ロイとしては戻るのは不可能だと思っていて、既に受け入れてもいるのだが、気を遣ってくれたフルールの言葉をわざわざ否定する必要もあるまい。

ただ、これ以上この話を続けるつもりはなかったので、話題を変えた。

「ところで、さっきからただ歩いているだけな気がするんだけど、これで本当にいいの？」

依頼を受け、フルールと共にギルドを後にしたロイは、それからずっと街中をぶらついていただけであった。

竜の涙のことを詳しく聞いたのもつい先ほどが初めてであり、それまで何を探しているのかもよく分からないまま街を散策していただけだったのである。

ただ話しながら歩き続け、ロイ達はいつの間にか街の南側の住宅街にまで来ていた。

「まあ、こちらの動きは向こうもある程度分かってるはずっすからね。下手にあちこち探し回って警戒させるよりは、街中を散策してるだけだと思わせた方が得っす」

「……その言い方からすると、ある程度相手の見当はついてるってこと？」

「さあ、どうなんすかねえ。あ、これ、別にはぐらかしてるわけじゃなくて、あちしは本当に知らないって意味っす。さっきのはギルドから言われたことをそのまま言っただけっすからね。まあ、多分ギルドはある程度絞っていると思うんすけど……確証には至ってないんだと思うっす。確証持ってたら、相手に警戒されるのなんて気にせず最大戦力で踏み込めばいいだけっすからね」

「確かに。そもそも、竜の涙とかいうのがここで取引されるって情報を、ギルドはどうやって知ったのかな？」

「何でも、タレコミがあったって話っす。信頼出来る情報筋からだから、それ自体は間違いないらしいっすよ？　それでも色々と足りなくて、こうしてあちし達を動かしてるみたいっすが」

「タレコミ、ねえ……」

少々怪しい気がするが、何らかの確証がなければギルドが動くことはないだろう。

そして当たり前だが、今どう動けばいいのかはロイよりもフルールの方が理解しているはずだ。

「んー、とりあえず、今は余計なことはしない方がよさそうだね」

「まあ、そうっすね。明らかに怪しいところが見つかったりしたら話は別っすが」

「へえ……じゃあ、見つかった場合は？」

「その時は……見つかったもの次第っすかね。怪しさ次第では踏み込むことも考えるっす。でもまあ、そう簡単に見つかるもんじゃないっすし……って、一応聞くんすが……もしかして、何か見つけたんすか？」

「まあ、気になるものはあったかな」

「え、マジっすか？」

「自信があるかどうかで言えば、正直ないんだけどね」

そもそも、ロイが感じ取れるものくらいなら、Aランクのフルールも感じ取れるはずだ。

その上で彼女が何も言わないということは、別に気にしなくていいと考えている可能性が高い。

だから、念のための確認であったが、フルールは照れくさそうに切り出す。

「いや、えっと……実はあちし、あんま探知系とか得意じゃないんすよ。だから、あちしは気付いてない可能性があるっすから、どこが怪しいと思ったのか、気にせず教えてほしいっす」

「んー……まあ、そういうことなら」

何でもなかったのなら、単にロイが恥をかくだけだ。

それに……今彼らがいる場所は住宅街の中でも宿の多くが密集している地帯であり、賑わいは大通りほどでないにしても、人気は多い。

つまり、ここで何かがあったら多くの被害が出かねないということだ。

セリア達の宿があるのはもっと奥まった場所だが、状況次第では巻き込まれる危険性もあるかもしれない。

それに比べれば、少し恥をかくぐらい安いものであった。

「えっと……あれなんだけど。静かすぎるっていうか……」

ロイが指差した先にあったのは、周囲にある宿よりも一回りは大きな建物であった。

ただ、パッと見は家というよりも、倉庫か何かのようにも思える。宿が多いこの場所においては、完全に周囲から浮いていた。

だが、当然ロイが気になったのはそこではない。

そして……それは、気のせいではなかったらしい。

建物を眺めたフルールが、ポツリと呟いたのだ。

「……マジっすか」

「えっと……その反応はもしかして？」

「……まあそっすね。少なくとも、見てみぬふりは出来ないくらいには怪しい場所っす」

糸口になりそうな場所が見つかったというのに、フルールは嬉しそうではなかった。

かといって、緊張をしているわけでもなく……どちらかと言えば、落ち込んでいるようにも見える。

たとえ探知系が苦手だとしても、Ａランクの自分が気付けず、ロイに指摘されてしまったのがショックだったのだろう。

しかしそこはさすがと言うべきか、すぐに気分を切り替えた。

「っと……ここは気合いを入れなくちゃいけないっすね。ってなわけで、今からあそこに突入してみようと思うっすけど……いいっすか？」

「あれ？　確認取るってことは、僕も突入するの？」

足手まといにならないように待機するつもりだったロイは、思わず聞き返した。

自分を信頼して任せてくれるというのならば、否やはないのだが。

「あそこがどうなってるのか分からないっすからね。駄目っぽかったら退かせるっすから」

「了解。まあ正直、気になるしね」

自分の目で確かめられるというのならば、望むところだ。

「……頼りにしてるっす。本当に。それじゃ、行くっすよ」

そうしてフルールを先頭にして建物に近付くが、今のところ特に罠のようなものはない。

フルールは全身全霊で集中しながら扉に手を当て、そのまま一気に押し開けた。

開かれた扉から外の光が入り込み、建物の中の様子が明らかになる。

——瞬間、フルールが息を呑んだ。

「……っ」

その光景を目にしたロイも、自然と目を細める。

そこはどうやら本当に倉庫だったらしく、天井が高く巨大な空間があった。

だが、物はほとんど置かれていない。

存在していると言えるのはただ一つだけ。

……しかし、その一つが問題であった。

それは一見すると女性のように見えた。

だが、それはあくまで上半身に限った話だ。背中からは蝙蝠のような翼が生え、下半身は足ではなく、鱗に覆われた蛇そのものであった。

そしてその両の瞳は赤く、まるで宝石のごとく輝いていて――

「……ヴィーヴル」

ポツリと、フルールの唇から恐れを含んだ呟きがこぼれ落ちた。

――ヴィーヴル。

それは魔物の名であり……そして、竜種の一種でもある。

竜種は魔物の中で間違いなく最強の位置に君臨している存在だ。単独で討伐できたら確実にSランクを与えられるだろう。

とはいえ、ヴィーヴルは竜の中でも弱い方ではある。

半分人型で、他の竜のように巨体ではなく、大きさ的には人と同等だ。翼は持っているが空は飛べず、ブレスを吐いたりすることもない。

他の竜のように、単体で国一つを滅ぼすほどの脅威にはならないだろう。

……精々、この街を滅ぼすくらいである。

つまり、どちらにしろ物凄くやばい相手ということだが。

「っ……何であんなのがここにいるんすか」

思わずフルールが漏らした言葉を聞き、隣でロイが首を傾げた。

「魔物、でいいんだよね？　初めて見るけど」

「……あー、まあ、物凄く珍しいやつっすからね」

竜の中では弱い方とはいっても、魔物の中で見れば確実に最上位クラスだ。どこにでもいるような存在ではない。

それを知ってか知らずか……いや、間違いなく知らないのだろうが、ロイはどこか感心したように呟く。

「へえ。なんか、最近そんな魔物にばっかり会う気がするなぁ」

それは当然だ。ここは魔境とも呼ばれる辺境の地。人類の開拓の最前線である。

遭遇する魔物の大半が珍しいのは当たり前で……だがそれはそれとして、この状況を前にあまりに呑気な発言をするロイを見て、フルールは一瞬呆然とした。

正直彼女は、ヴィーヴルを目にした瞬間から、悪寒が止まらないほどだ。

殺意を感じているわけではないのに、死を幻視する。

一瞬でも気を抜けば頭と胴体がおさらばしそうだ。

その場にいるだけで周囲に死をばら撒く化け物――あれはそんな存在だと、フルールの全身が訴えかけてきていた。

――今すぐここから逃げろ。でなければ、無残に無意味に死ぬだけだ、と。

しかし、相変わらずロイは気楽な調子で口を開く。

「んー、街中に魔物がいるのはもちろん問題だけど、竜の涙とかいうのではなかったかぁ。これって外れ引いちゃったってことかな？」

どうやら彼は、アレよりも竜の涙の方を気にしていたらしい。だが――

「……いえ、外れじゃないっす。むしろ当たりも当たり、大当たりっすよ」

「うん？　どういうこと？」

「竜の涙ってのは、アレの両目のことっすから」

だから竜の涙などという名で呼ばれるのだが……

当然、生きたヴイーヴルのままでは危なくて取引など出来ない。通常は、取り出された状態のものを指す。

「さすがに〝生〟なのは、予想外にも程があるっすね」

「確かに、今の状態だとただの魔物だしね。それとも、竜の涙って取り出した直後で鮮度が良い方が価値があるとか？」

「いえ、そういうのはないはずっす。というか……今の状態だと竜の涙っていうよりもただの危険物っすわ……」

「どういう意味？　魔物だから？」

フルールが何を言いたいのか分からず、ロイは首を傾げながら質問を重ねた。

「そもそも竜の源っていうのは、危険と隣り合わせの物なんすよ。特に、取り出す時が危険で、そこで失敗すると……そうっすね、多分この街が跡形もなく消し飛ぶっす」

ヴィーヴルは竜種としての膨大な魔力の大半をその瞳に蓄えている。だから、上手く取り出さないとその魔力が暴走し、周囲に甚大な被害をもたらすのだ。

ヴィーヴルは、子が成長すると瞳を食わせて、自らの力の全てを次代へと継承するという、変わった性質を持っている。

ただ、瞳自体はあくまでも莫大な魔力を溜める器でしかないため、他の竜から狙われて、ほぼ淘汰されてしまった。

竜種だけが魔物の中でも群を抜いて強大な力を持っているのは、ヴィーヴルを狩り、その魔力を奪い続けたからだとも言われている。それに、竜が宝石等を好んで集めるのは、宝石のようなヴィーヴルの瞳を集めていた名残だとも。

また、瞳の魔力が暴走するのは、狩られ続けたヴィーヴルが、自らの身を守るためにそんな風に進化したという説もある。

「……何にせよ、とてつもなくまずい状況っすね」

「まずいって……どうして？　要するに、取り出さなければいいだけでしょ？　まあ、物凄い価値がありそうだから勿体無いかもしれないけど、言ってる場合じゃないだろうし。普通に倒しちゃえばいいんじゃない？」

まず普通に倒すという前提からして無理なのだが……ロイはあっけらかんと言ってのける。

あまりにもロイが自然体なせいで、フルールも落ち着いてきた。あるいは、単に開き直っただけか。

彼女は溜息を吐きながら、首を横に振る。

「それも無理っすね。ヴイーヴルは瞳を取り出さなくても、倒そうとしたら瞳の魔力が暴走するんすよ。というか、死ぬ間際にヴイーヴルが暴走させるらしいっす」

「え……何それ、迷惑すぎない？」

「だから困ってるんすよ」

どの道フルールでは勝てないだろうが、そういう意味でも困っているのは事実だ。

失敗したら周囲にとんでもない被害が出るが、それ以上に、確実に自分達が死ぬ。

そうならないためには、ヴイーヴルが魔力を暴走させる前に仕留める必要があった。

とはいえ、正攻法ではまず無理だ。たとえ勝てたとしても、ヴイーヴルに意識があれば、魔力を暴走させられてしまうからである。

だからそうならないよう、ヴイーヴルを倒す時には睡眠時を狙うのが基本だ。

寝ている隙に麻痺や睡眠効果のある薬を大量に浴びせかけ、魔法でもそれらの状態異常を叩き込んでヴイーヴルの意識を完全に奪い、それでようやく挑める。

後は正気を取り戻す前に、何とかその首を落とすのだ。

しかしそのためには、かなりの前準備が必要だし、そもそも、あのヴイーヴルは眠っていない。

一応こちらを警戒しているのか、動き出してこそいないが……現状、ほぼ詰んでいると言ってよかった。

「……もっとも、これで納得も出来たっす。ここがあんなことになってたのも、ヴイーヴルがいたからなんすね」

ロイが気付いた通り、この倉庫は明らかにおかしかった。ヴイーヴルがいた気配が漏れていたというわけではなく、むしろ逆だ。

不自然なほどに何も感じなかったのである。

結界か何かが張ってあるのは間違いない。おそらく、ヴイーヴルをこの場に閉じ込めておくためのものだったのだ。

その証拠に、あのヴイーヴルには拘束具などはまったくついていない。

つまり、この場に限って言えば何の問題もなく動くことが出来るということだ。

正直、今の状況はかなりマズい。

フルール一人では絶対に勝ち目がないのは分かりきっているし、もし仮に紅蓮の獅子のメンバーがこの場に集まったところで果たして勝てるかどうか。

それでもフルールには、Ａランクの冒険者として果たさなければならない責務がある。

玉砕覚悟で挑み、僅かにでも時間を稼ぐか、あるいはこの非常事態を仲間やギルドに伝えるために逃げるか。

とはいえ、それも逃げられれば、の話ではあるが……

無意識のうちに流れ出た汗が、フルールの頬を伝い、地面に落ちる。

そして彼女が覚悟を決めようとした、その時のことであった。不意に、あっけらかんとした声が響いたのだ。

「んー……要するに、魔力を暴走させなければいいってだけだよね？」

この人は本当に今の状況を理解しているのだろうかと、彼女は思わずロイを凝視した。

いや、確かに彼の言っていることは正しい。ただ……あまりにも口調が呑気すぎるので、さすがに疑ってしまう。

「それは……まあ、確かにそうっす。でも実際には無理っすよ。攻撃を認識する間も与えずに消滅させれば可能かもしれないっすけど……少なくとも、あちしには出来ないっすね。見た目は半分人間でも、かなり皮膚とか硬いらしいっすよ」

それを聞いて、ロイが不思議そうに首を傾げる。

「別にそこまでしなくても、魔導士が抑えたりは？」

「それも無理っすね。そう考えたAランクの魔導士が強引に魔力で抑えつけようとしたことがあるらしいっすけど、見事に失敗したみたいっすから。竜と人じゃ、魔力の量が比べものにならないっす」

竜種は、優秀と言われる魔導士の数十倍から数百倍の魔力を持つと言われているのだ。

人が魔力で抑えつけるなど、出来るわけがない。

「ふーむ、なるほど……でも、さすがにこのまま放っておくわけにはいかないよね？」

「……まあ、そうっすね。こんな街中で暴れられたらどれだけの被害が出るか分かったもんじゃないっすから」

「だよね。そういう状況なわけだし……ここは僕が試してみてもいいかな？」

まるでお使いにでも行くかのような気軽さの提案だったので、フルールは本当に簡単に出来ることなのではないかと錯覚してしまいそうになる。

しかし無論そんなはずはなく、その言葉に頷くのは抵抗があった。

ロイが悪い人物ではないのは分かる。

あのグレンが一目置いているし、魔の大森林の主も倒したというなら、彼が只者でないのは間違いない。

だが、その実力を、フルールはまだ直接目にしてはいないのだ。

今日こうして共に行動していたのは、それを確認するためでもあったのだが……それをこんな形で果たしてしまっていいのかどうか。

とはいえ、確かに他に手はない。

放っておけば間違いなく暴れるし、ここでフルールが戦っても逃げても、どの道計り知れない被害が出る。

ならば、一か八かでこの少年を信じて賭けてみるのもありではないか。

「……分かったっす。頼んでいいっすか」

もし失敗したら、巻き込まれてしまった人達にあの世で必死で頭を下げるしかないだろう、という覚悟と共に、フルールが頷いた。

「うん、ありがとう。まあ、見た感じ、多分大丈夫だと思うよ。珍しいのかもしれないけど、別に強くもなさそうだし」

相変わらずあっけらかんとした様子で、少年が応えたその瞬間――

気が付いたら、フルールの目の前には、宝石のようなヴイーヴルの赤い瞳があった。

何が起こったのか、フルールは理解出来なかった。

吸い込まれそうなその輝きに目を奪われ、同時に一つの確信を得る。

本能が警鐘を鳴らしていた通りに、死が現実になったのだ、と。

「……ぁ」

何の意味もない小さな呟きが、ただ反射で漏れる。

次の瞬間、さっきフルールが幻視した光景とそっくりに、頭と胴体がおさらばしていた。

ただし、そうなった相手はヴィーヴルであったが。

「……へ？」

続けて間抜けな声を漏らし、彼女は無意識のうちに自分の首に手を伸ばす。まだ胴体と繋がっていることに安堵の息が漏れた。

一方、彼女の目はジッと前方の光景に釘付(くぎづ)けになっていた。

視線が向いていたのは、失われたヴィーヴルの頭部があった場所。

彼女の視界には、いつの間にかそこに回り込んでいた少年の姿があった。いつの間にか抜き放った剣を、振り抜いている。

完全に自分の認識を超えていて、頭はついてはこなかったが、それでも少年が一瞬でヴィーヴルを倒したのだろうということは分かった。

だが……

それを理解した瞬間、反射的に視線が跳(は)ねる。

彼女の目が捉えたのは、刎(は)ね飛(と)ばされて宙を舞うヴィーヴルの頭部。

「っ……やばいっす、魔力が……‼」

あれでは駄目だ。

確かに一瞬で、一撃で倒したようだが、あれでは意識を奪いきれていない。

魔法をまったく使えないフルールにも、目に見えない力が膨れ上がったのを感じた。

ヴイーヴルが死を迎えるその間際に、魔力が暴走し――

「――ブレイク」

しかし、その言葉が聞こえた瞬間、膨れ上がっていた力は嘘のように霧散した。

暴走する魔力が荒れ狂い、暴威を振るうことなどなく、ヴイーヴルの頭が落ちてくる。

何となくその行方を追っていたフルールの耳に、澄んだ音が一つ届く。

ロイが剣を鞘に仕舞ったようだ。

それはまるで今回のことの終わりを告げたかのようで……だがロイだけは最初から無関係だったとばかりに、その顔に呑気そうな笑みを浮かべていた。

「うん。やっぱり、何とかなったみたいだね」

その言葉と表情に、半ば無意識にフルールは溜息を吐き出していた。

同時に、納得する。

やはりグレンの言ったことは正しかった。

……この少年は規格外にすぎるのだ。

凄いという言葉すら、この少年の前には陳腐に思える。

彼が勇者だと言われたら、素直に納得してしまいそうなほどだ。

なのに、どうしてここまで自分の力に無頓着というか、自分の力を正確に把握していない様子なのか。

そんな疑問が頭に浮かぶものの……

触れたら厄介事に巻き込まれそうな予感しかしないので、フルールはそれ以上深入りするのはやめた。

彼女は、少年の笑みを眺め……世界は広いと、再度溜息を吐くのであった。

無事にヴィーヴルを倒したロイは、その後もフルールと共に街を回った。

竜の涙を探すというギルドからの依頼は一応果たした形になるが、他にも同じものがないとも限らなかったからだ。

魔物と戦ったとはいえ、特に苦戦したわけでもなく、時間的にも余裕があったため、あの場は駆けつけたギルドの職員に任せ、二人は捜索を続行したのである。

とはいえ、結局それ以降は特に怪しいものが見つかることはなく、日も暮れはじめた。

街に入り込んだのはアレだけだったのか、それとも同じ依頼を受けた他の冒険者が見つけてしまったのかは分からないが、そのまま解散する流れになる。

「ま、ちょうどぐるっと街を一周出来たし、これで依頼は終わりってことでいいと思うっす。というか、一度見つけてるんすから、あの時点でやめても文句は言われなかったと思うっすけどね」

「まあ、依頼内容は竜の涙の捜索で、一応、期限は今日の夕方までって話だったしね」

「それはあくまで見つけられなかった場合の話だった気がするっすけど……。真面目なのも結構っすけれど、程よく力抜いた方がいいんじゃないっすか？」

「そこは大丈夫っていうか、むしろ個人的には力抜きまくってる方だと思うよ？　この街に来てからは基本、大体の場合でのんびりしてるし。今日だってほぼそうだったしね」

「う、うーん？　ま、まあ……そう言えなくもないっすけど」

何とも言えない顔をするフルールを見て、ロイは変なこと言っただろうかと首を傾げる。

彼が魔物の相手をしたのは実質五分以下で、残りはただ街をぶらついていただけなのだ。

依頼中とはいえ、一日のんびり散歩していたと言っても過言ではない。

「あー、ごめん。僕は街を回ってる時は割と気を抜いてたんだけど、フルールはそうじゃなかったとか？　一人だけ頑張らせちゃったんなら、それは本当に申し訳ない……」

「……へ？　あ、い、いや、そういうのじゃ……。ま、まあ、これでもあちしはAランクっすからね」

突然頭を下げたロイに困惑するフルールであったが、何とか冒険者の先輩としての立場を取り繕うと、そう言いながら胸を張る。

「その程度は当然っていうか、むしろ変にＦランクを頑張らせちゃったら、Ａランクの名折れっすから、それでよかったと思うっす」

「そう？　そう言ってくれたらありがたいんだけど……」

さすがはＡランクの冒険者、人間的にも出来ている――と、感心する一方で、ロイは反省もしていた。

街中で、特に危険も感じなかったので勝手に気を抜いていたが、他の冒険者と一緒に依頼を受けているのなら、その辺はきちんとしておくべきだったのだ。

よく知っている相手だったらまだしも、ほぼ初対面で格上の相手に気を張らせていたのだからなおさらである。

本当は、どちらが警戒に当たるかなど、事前に示し合わせておく必要があったに違いない。

「うーん……やっぱり僕はまだまだだなぁ……」

「ま、まあ、Ｆランクにしては頑張ってると思うっすよ？　冒険者は大体そうやって失敗を糧にして成長していくものっすから、あまり反省しすぎる必要はないと思うっす」

「なるほど……さすがはＡランク冒険者。ためになるなぁ……」

「は、はは……それほどでもないっす。えっと、それよりもっすね、この後どうするんすか？　ああ、ギルドへの報告はあちしがしておくっすから、別に行く必要はないっすよ」

「え、いいの？　僕も行くべきじゃ？」

ギルドで依頼を受けた以上は報告する義務があるし、特に今回のはギルドから直接の依頼だ。

報告に行ってしかるべきだとロイは考えていたが……フルールは首を横に振った。

「あちしと組ませたのはギルドの方っすからね。その時点で、今回の依頼はあちしとの合同依頼って形になってるっす。報告するのは一人だけでいいんすよ」

「へえ、そうなんだ……。でもそれなら、なおさら下のランクの僕が行くべきなんじゃ？」

「そうとは限らないっすよ？　上のランクの方が色々慣れているし、気付くことも多いっすから、むしろギルドとしては上のランクの方に報告してもらいたいはずっす。それに、あちしはどっちにせよパーティーの仲間とギルドで合流することになってるっすから、ついでっす」

「うーん……そういうことなら、お願いしてもいいかな？」

「お安い御用っす！　ま、それに知っての通り、あちしはパーティーの中じゃ下っ端っすから！　こういうのは慣れてるっす！」

あくまでも彼女は下っ端を自称しているだけではあるが……

とはいえ、今からギルドに行くのも面倒なので、ロイはありがたく甘えさせてもらった。

「じゃあ……僕はこのまま泊まっている宿に帰ろうかな」

「夜の街は見ていかないんすか？　昼間とはまた違って、結構面白いっすよ？　お酒とかも振舞われるようになるっすしね。……それもまた〝今日らしいやつ〟なんすけど」

つまり、どこかの国では禁止されているような代物ということか。

ロイも多少興味を引かれたものの、生憎と酒はあまり強くない。

「まあ、今回はやめておくよ。また来年とかもあるんだろうしね」

「冒険者なんて明日どうなるかすらも分からない身なんすから、あんま先のことを考えるべきじゃないっすよ。……まあ、ロイさんは普通に来年も生きてる気しかしないっすからねえ。むしろロイさんが死ぬよりもこの街の方がなくなってる可能性の方が高そうっす」

本気か冗談か分からないフルールの言葉にロイは苦笑を浮かべる。

「いやいや、そんな縁起でもない」

「ま、何だかんだでこの街も二十年は続いてるっすからねえ。そうそうそんなことにはならないとは思うっすが。……ともあれ、そろそろあちしは行くっすね。もう仲間達が待ってるかもしれないっすし」

「うん、僕ももう行くよ。それじゃね、今日はありがとう」

「こっちこそっす。じゃ、またいつか、どこかでっす！」

そうして手を振りながら去っていくフルールの姿は人波に呑まれてあっという間に見えなくなってしまった。

賑やかな女性が去ったためか、残されたロイは途端に寂しさに似た感情に襲われるが、それを振り払うように息を吐き出す。

「さて、と……」

それから彼も宿に帰るべく、歩き出すのであった。

夜が近いとあって、街の雰囲気は大分変わりはじめていたが、宿の周辺は相変わらずで、ロイはどことなく安堵を覚えた。

彼が宿の中に入ると、途端に明るい声が出迎えてくれる。

「あ、ロイさん、おかえりなさい！」

「うん、ただいま、セリア」

笑顔を向けられ、ついロイも笑みを返す。

それから彼はその場を見回し、首を傾げた。

今日は大事を取って宿の営業は休みにしたため、他に客の姿はないのは当然なのだが、セリアの母が見当たらなかったからである。

「えっと、セリアのお母さんは？」

「今はちょうど夕食の仕込みをしていると思いますよ？　何か用事があるのでしたら、呼んできますが？」

「いや、体調はどうだったのかなと思ってさ」

「なるほど、そういうことですか。わたしは今日一日見ていましたが、大丈夫そうでしたよ？　それもこれも、ロイさんのおかげですね！　本当にありがとうございました！」

「いやいや、僕は出来ることをしただけで……っと、そうだ」

そこで彼は、あることを思い出し、懐を探った。

そうして取り出したのは、手のひらに収まる程度の大きさの、赤くて丸い二つの宝石のようなものだ。

「よければこれ、セリアにあげようと思うんだけど、いる？」

「わぁっ、綺麗ですね……！　……ですが、かなり高そうな気がするのですが……」

「いや、ただ綺麗なだけで、大して価値はないらしいからさ。そう言われて僕も貰ったものだし。いらないかもしれないけど……」

「い、いえ！　いただけるというのでしたら、欲しいです！」

「そう？　じゃあ、はい」

「わぁっ、ありがとうございます！　大切にしますね！」

本当に嬉しそうな顔をするセリアに、ロイも思わずロイも口元を緩める。

あそこまで喜んでくれるのならば、本当に渡した甲斐があったというものだ。

「本当に大したものじゃないから、大切に扱う必要はないんだけど……まあ、そんなに喜んでくれるなら良かったかな」

ちなみに、アレはヴイーヴルから取れた両の瞳である。つまりは竜の涙であり賢者の石なわけだが、それ自体にはそこまでの価値はない。

蓄えられている魔力がないからだ。

ヴイーヴルの瞳が賢者の石と呼ばれているのは、蓄えられている莫大な魔力が理由らしく、それがなければ価値はないのである。

なお、魔力は倒したことでなくなったわけではなく、最初からなかったというのが正しい。

おそらくだが、何らかの方法で事前に抜かれていたのだろう。

ロイもそれを感じていたからこそ、あの場で躊躇なく倒したのである。

それでも多少の魔力は残っていたようだが、ロイが対処出来ないほどの量ではなかった。

いずれは駆けつけた冒険者達が何とかしてくれるとしても、放っておいて、市民が魔物に傷付けられたら寝覚めが悪い。

ならばロイが多少のリスクを負ってでも、あの場で倒してしまった方がマシである。

結局のところ、あのヴイーヴルという魔物は大した被害をもたらすものではなかったのだ。ロイはそう結論付けた。

だがそうなると、結局アレは何だったのかという疑問が残る。

愉快犯がやったにしてはちょっと大袈裟すぎるし、そもそも魔物を街中に解き放つ理由が分からない。

そして、その魔物がヴイーヴルなどという珍しいものである必要性も……

あれこれ考えたものの、ロイは〝まあいいか〟と溜息を吐き、思案を中断した。

調査をするのはギルドの役目だろうし、対処するのはフルールのような高ランク冒険者達の役目だ。

彼女達が高ランクなのは、そういったことを何度も解決してきたからでもある。任せてしまって問題ないはずであった。

今回の件にロイが関わったのは、ちょっと気になることがあってギルドに尋ねたせいであって、言ってしまえばただの偶然だ。

依頼の目的は一応達成したため、〝気になったこと〟についても進展があったら教えてくれる約束となっている。

これ以上彼が関わったり、考えたりする必要はないということであった。

「ま、明日からはまた、のんびりとした日々が待ってるってわけだね」

彼はそれを望んで来たのだから、それを嫌に思うはずがない。

今日のようなちょっとした非日常は、平和な日常に飽きてしまわないようにする〝ちょっとしたスパイス〟である。

ただそれは全て、日々を平穏に過ごすためのものなのだから、少しだけ味わったらまた元の生活に戻るだけだ。

そして、その日常の象徴とも言うべき笑顔は、すぐそこにある。

ロイはその笑みを眺め、目を細めるのであった。

冒険者ギルドの中は、いつも通りの喧騒に満ちていた。

こればかりは今日がどんな日であろうとも変わらない光景である。

そんな中を抜け、フルールはギルドに併設されている酒場の奥へと向かって歩いていく。

ギルドに酒場が併設されているのは、元々酒場が冒険者と依頼者との仲介を行っていたからだ。

冒険者ギルドは百年ほど前に出来た比較的歴史の浅い組織なので、規模を拡大していくために、そういった酒場を取り込んでいったのである。

だから、ギルドに酒場が併設されているというよりも、酒場にギルドが併設されるようになったというのが正しい。

そういった経緯があるため、冒険者ギルドの建物が新設される場合は、大抵酒場が併設されるのだ。

それに、ルーメンは当てはまらないが、普通の街では冒険者は毛嫌いされていることが多い。

ならず者と大差はなく、そのくせ力を持つ冒険者が一般市民から恐れられ、嫌われるのは、当然と言えば当然だろう。

実際のところ素行が悪い冒険者は極一部なのだが、街の人からすればそんなことは分からないし、関係もない。

下手に関わって被害に遭うくらいなら、丸ごと排斥してしまうのが安全なのだ。

中でも、一般市民が利用する酒場に関しては大半の街で冒険者の出入りが禁止されている。

酒に酔った冒険者が暴れたら、市井の者には止める手段がないことを考えれば、やむを得ないことだ。

そのため、酒を飲みたい冒険者はギルドに併設されている酒場に行くしかない。

もっとも、ルーメンの酒場は冒険者でも入れるのだが、基本的にこの街にいる冒険者は他の街で活動していた者ばかりだ。

彼らは酒を飲むとなればギルドでというのが半ば癖になってしまっており、結局ギルドの酒場を利用する。ここが常時騒がしいのはそのせいもあった。

その癖が抜けていないのは、紅蓮の獅子のメンバーも同様だ。

フルールが酒場の最奥へと辿り着くと、既にグレン達は酒を飲み始めていた。

「おー、やっぱ始めてるっすね。まあ当然っすが」

今回の依頼は彼女だけでなく、パーティーメンバー全員が受けている。

それだけではなく、他にも有力な冒険者にも声がかかっており、今回の依頼は彼らとの合同依頼であった。

その全員で分担して探す手筈になっており、実はフルールとロイが街を一周する必要はなかったのだ。

そんなことをしたのは、ロイを観察するためではあるが……果たして意味はあったのやら……

ともあれ、グレン達はとっくの昔に酒場に集合していた。夜の帳が下りようかという頃合で、先に飲み食いを始めているのは当然である。

「ふふ、随分と遅かったわねー。彼と何かあったのかしらー？」

席に着くなりアニエスからからかいの言葉が飛んできたが、疲れた顔で返すしかない。

「あー……まあ、あったって言えばあったっすかねえ」

そんなフルールを、リーダーのグレンはちらりと一瞥したが、何も言わず顔を戻した。

彼が何を言いたいのかは分かったので、フルールは肩をすくめながら溜息を吐き出す。

「……想像以上すぎたっすよ。正直、ほんのちょっとだけはあった自信がバッキバキになったんで、やめときゃよかったって、マジで思ってるっす」

今日フルールとロイが共に行動することになったのは、そもそも彼女自身が頼み込んだからだった。

パーティーでの彼女の役割は斥候である。

だから、というわけでもないのだが、自分の目で彼がどれほどのものかを確かめたいと思ったのだ。

そんな時に舞い込んできた今日の依頼は、渡りに船であった。

つまり、受付職員のアリーヌがロイにした説明は真っ赤な嘘だったと言える。

とはいえ、フルールは確かにギルドに頼みはしたものの、二人が一緒に行動するのは警戒させないためというもっともらしい理由を考えたのはギルド側だ。

どうやらギルドもギルドでロイを何とか今回の依頼に組み込めないか考えていたらしい。

「ていうか、何であの人、あそこまで自分の力に無自覚なんすか？　普通、誰かが指摘するもんだと思うんすけど……。そもそも、ギルドがそれをしてないのが意味分かんないっす。あちしは指摘すんな気付かれんなって、予め言われてたっすから、何とか誤魔化したっすけど……」

「……誰も責任取りたくねえんだろ」

正直答えが返ってくるとは思っていなかったただの愚痴なので、フルールは返答があったことに驚き、同時に首を傾げる。

「責任、っすか？」

グレンの言葉の意味が分からなかったからだ。

「力を持ったら増長するのが人ってもんだからな。普通なら、そういう時は誰かが抑えるが……誰があいつを止められんだ？」

「あー、えっと……勇者様とかっすか？」

フルールは唯一パッと思いついた答えを口にしたが、グレンには鼻で笑われた。

「あいつが勇者本人かもしれねえっつってんのにか？」

「あー、そういえばそうっすね」

彼女は頷くと共に納得し、理解した。

ロイの力を本人には指摘するなと言われた時、彼女はその理由を伝えられなかったのだが、それは言ったところで納得しないと思われたからなのだろう。

実際、あの時のフルールは〝何を大袈裟な〟と鼻で笑ったはずだ。

だが今ならば、納得せざるを得なかった。

あれほどの力を持ったロイが増長して、気まぐれに自分達へと力を向けてくるようなことが起こってしまったら、そこにはもう絶望しかない。

彼の性格ならそんなことはしないだろうとは思うものの……あの力を目にしてしまえば、万が一の疑念であろうとも、無視するわけにはいかなかった。

「フルールがそこまであっさりと納得しちゃうなんてー、彼はそこまで凄かった、ってことかしらー？」

アニエスの軽口に、フルールは真面目な顔で応える。

「……まあそうっすね。多分……いえ、確実に、あちし達全員が本気で挑んだところで、あの人には傷一つ負わせることは出来ないと実感したっす」

「……ふんっ。何があった？」

「そうねー、依頼は無事達成したって言われただけで、ギルドからは詳細を聞かされなかったのよねー」

「まあ、そうだと思うっす。あんなん、説明するわけにはいかないと、あちしでも思うっすからね。竜の涙になる前の――生きたヴイーヴルがいたんすよ」

「っ⁉」

息を呑む二人に、フルールはヴィーヴルの発見からロイが倒したところまでの経緯を語って聞かせた。

彼女が説明を終えると、その場にほぼ同時に複数の溜息が吐き出される。

そこに含まれているのは、あからさまな呆れだ。

「ヴィーヴルの首を一撃で刎ね飛ばすなんざ、俺でも出来るか分かんねえぞ？　まあ、ヴィーヴルの動きが封じられてた上で、最大限の支援を受けてだったら、何とかなるとは思うがな。何にせよ、普通は無理だ」

「私としては、ヴィーヴルの魔力の暴走を止めたってことの方がありえないと思うかしらねー」

「まあそうっすよね。あの人は、魔力がちょっとしか残ってなかったから出来たとか言ってたっすけど、あちしがあの場で感じた力はそんなもんじゃなかったっす。あれ、暴走してたら間違いなくこの街は消滅してたっすよ」

「そうねー、多分その瞬間、私も大きな魔力感じてたものー。あれが暴走してたら、間違いなくこの街は消滅してたでしょうねー。そして、おそらく現場にいたとしても、私じゃ止められなかったわー」

「やっぱりっすか……」

フルールが知る限り、アニエス以上の魔導士はいない。

唯一の例外として、世界最強と呼ばれる魔導士の存在が挙げられるが、その人物がどの程度の力を有しているのかは不明だ。ただアニエスが自分で〝あの人には到底及ばない〟と言っているので、実力は確かなのだろう。

それでも、Ａランクの魔導士であるアニエスだって、間違いなく最高位の一人ではあるはずだ。

そのアニエスが〝ありえない〟と言うのだから、彼は魔法の方面でも規格外だったということらしい。

「まあでも……〝彼〟が言ってることは、ある意味正しくもあるとは思うわー」

「え、どういうことっすか？」

「ヴィーヴルの瞳に限界まで魔力が蓄えられていたら、その暴走は街どころか国が滅ぶほどのものだものー。本来蓄えられていた魔力は、あの数十倍はあるのよー。だから、勝手にヴィーヴルに手を出すことは禁じられているんだものー」

「げ、そうだったんすか？」

「公にしてしまえば人々の恐怖心を助長するから、基本的には伏せられているのだけれどねー。ヴィーヴル討伐には、国へ許可を貰う必要があるでしょー？　あれは本当に討伐が必要な状況の時には国が協力するって意味なのよー」

「ということは、下手すれば物凄い被害が……って、考えるべきなんすけど、何となくその時はその時で、どうにかなってた気がするってのは、さすがに考えすぎっすかね？」

　もしそれほどの事態になっていたとしても、彼ならばやっぱり涼しい顔でどうとでもしていたような気がする。

　そんなことを思ってしまうほどに、ロイの見せた力は圧倒的だったのだ。

と、グレンの反応がないのを訝しみ、フルールは視線を向けた。

「グレンさん……？　どうかしたんすか？」

　グレンは何故かアニエスをジッと見つめていた。

「いや……アニエスはよくんなことを知ってると思ってな。お前も、今聞いた話は初耳だったんだろ？」

「そうっすけど……確かに言われてみればっすね」

「……そりゃ私は魔導士で、竜の涙は魔導士にとって垂涎の品だものー。詳しく知っているのは当然でしょうー？」

「ふうむ……なるほどっす」

　フルールは斥候として情報通を自負していたつもりだったが、専門的な分野ではまだまだ知らないことが多い。自分の未熟さは承知の上であったが、やはりもっと精進する必要があると、気を引き締めた。

「はっ……なるはどな。で、そんなお前から見てもアレは相当だってか。……やっぱ規格外だな」

「普通は抑えられなかったことに違いはないものねー」

「本当に何者なんすかねえ……あの人」

しみじみとしたフルールの言葉に、他の二人も黙って頷いた。

そんな中、グレンが真剣な表情でポツリと呟く。

「にしても、タレコミ通り……いや、それ以上のモノが出たってことは、例の話もマジかもしれねえな」

グレンが何を言いたいのかは、フルールにもすぐに分かった。

Aランクであるフルール達には、依頼に際して詳細な説明があったからだ。

そのタレコミの内容というのが――

「この街を壊そうとしている何者かがいる、だったっすか？　さすがに眉唾っぽいっすけどねえ」

そんなことをしたところで意味はないからだ。

この街は言ってしまえば開拓をするための単なる足場でしかない。壊れたらまた造り直せばいいだけなのだ。

また、ルーメンはどこの国にも属しておらず、様々な国が出資したことで出来た街でもあるため、特定の国が利益を得たり、損失を被ったりはしにくい。

とはいえ、ヴィーヴルをどうやって運び込んだのかという問題はある。

少なくとも個人では無理だろうし、それを可能とするほどの組織が愉快犯じみた行動をするとは思えない。

もし組織立った者が何らかの目的を持って行動したというなら……完全に眉唾だと決め付けることも出来なかった。

「ま、結局のところは情報不足っすよねえ。誰かが何かをしようとしてるのはほぼ確実っぽいっすが。とはいえ、今のところタレコミ以外の情報源はなさそうっすしねえ……」

「それなんだが……昨日捕まったやつがいるのは知ってるか？」

「捕まってる連中は毎日のようにいるっすけど……ここでその話をする以上、軽微な犯罪じゃないっすよね？　だとすると、医者とBランクだっていう冒険者のことっすか？」

「知ってたか。それが本部に移送されたってのは？」

「聞いたっすね。確かに、Bランクの冒険者がいたのは問題っすけど、そこまでするほどのことっすかね？」

基本的に、冒険者のランクはギルドが決めており、そこには人物査定なども含まれている。

素行などに問題がある場合はいくら実力が高くてもランクが一定以上にならないように管理されているのだ。

それなのに、Bランクを与えた者が犯罪に手を染めたという点を、ギルドの本部が問題視した可能性はある。

とはいえ、少々大袈裟な対応とも言えるが。

「もしかしたら、そいつらも一味だったのかもな」

「捕まったのも、何か関係してたからってわけっすか？　さすがに考えすぎじゃないかと思うっすけどねぇ」

「でも本当にそうだったとしたら厄介よねー。お医者さんにBランクの冒険者まで協力してたってことだものー」

「確かにそうっすか……。でも、そうだとしても、どうとでもなるんじゃないっすかね」

フルールがあっけらかんと言った言葉に反応し、グレンが鋭い目を向けた。

何かを探るように彼女を見据え、口を開く。

「それは、あいつがいるからか？」

フルールはそんなグレンの視線を真正面から受け止めると、首を横に振った。

「まあ、そこは否定しないっすけど、あちし達だって、伊達にAランク冒険者やってるわけじゃないっすからね。それなりの役目は果たすっす」

この街で不穏なことが起こるのは何も今回が初めてというわけではない。

余計なことを考える人間というのは、いつだってどこにだっている。だがその全てをしっかり解決してきたからこそ、フルール達はAランクへと至ったのだ。

ならば、考える必要はあっても不安になる必要などあるわけがなかった。

「はっ……分かってんじゃねえか。自信壊されたとか言ってたが、問題はなさそうだな」

「むしろ、壊されたからってのもあるかもしれないっす。別に頼るつもりはないっすが、自分達が駄目でも、何とかしてくれそうな人がいるってのは正直心強いっすからね」

「ふんっ……本来ならその立ち位置にいるべきは俺達なんだがな」

「まあ、とりあえずは、ギルドに期待ってとこかしらねー。私達が動かないで済むなら、それが一番だものー」

「まあ、そうっすねえ」

本部に送られたという者が本当に黒幕と関係していて、情報を聞き出せるのであれば、それが一番なのだが……さて、どうなることやら。

フルールはこれからのことを考えながら、大きく一つ息を吐き出すのであった。

第四章　闇の中の蠢き

薄暗い森のすぐ近くに、小さな人影が存在していた。

全身をローブで覆い、目深にフードを被っているその姿は、傍目には非常に怪しいが、周囲からそういった視線が向けられることはない。

魔の大森林と呼ばれる非常に危険なこの森の側には、ほとんど人が近寄らないからである。

しかし、仮にここが人の溢れる街中だったとしても、その人物が奇異の目を向けられることはなかっただろう。

何故ならば、その人物は世界最強の魔導士とも呼ばれるSランクの魔導士であり、数多使える魔法の一つによって、自身の存在感を消している。よって、どんな姿でどんな場所にいても、周囲の注目を集めることがないのである。

とはいえ、本来ならば、人気のないこの場所でわざわざそんな魔法を使う必要はない。

一見すると魔法の無駄遣いにしか思えないが……直後、それを否定する言葉がこぼれ落ちた。

「……ん、念のためこの魔法を使ってて正解だった」

その人物――Sランク魔導士のシルヴィが呟いた言葉は、冗談の類ではなく純然たる事実であった。

というのも、自身の存在感を打ち消す魔法の効果は、人のみならず、生物全般――つまり魔物にも及ぶからだ。

数多くの魔物の棲息地である魔の大森林を前にしているということを考えれば、意味があるのは当然である。

もっとも、最強の魔導士と異名を取る彼女ならば、魔物に襲われるくらいどうということはない。

自らの手足を動かすのと同じように数多の魔法を使いこなし、周囲を無数の魔物に囲まれていようとも、その全てを灰燼と化す。

そういったことを可能とするからこその、最強だ。

魔の大森林を前にするどころか、一人で中に足を踏み入れても問題としないくらいの存在なのである。

しかし同時に　その最強とは魔導士としてのものでしかない。

つまり、敵わない存在もいる。

そんなものがいることを……少なくとも、いてもおかしくはないという気配を感じ取ったゆえの〝正解だった〟であった。

「……とはいえ、だからこそ、妙」

彼女は以前にもここを訪れたことはあるのだが、その時にはこんなものを感じなかった。

もちろん、魔の大森林は広いため、強力な魔物は気配を感じ取れないほど奥にいたという可能性もある。

しかしそれならば、何故今回はこれほど近くにいるのか……その点に引っかかったのだ。

強大な力を持つ魔物というのは、それだけで周囲に甚大な影響を与える。人はもちろん、他の魔物は特に影響を受けやすい。

魔物というのは基本的に、力が全ての世界で生きている。そのため、強大な力を持つ魔物が移動すれば、それに対応して勢力図も変動し、混乱が生じてしまう。

だが、力の強い魔物は相応に知能も高い傾向にあるので、滅多なことではこうした移動は行わない。

逆に言えば……

「……相応の何かが、この森であった。やっぱり、確かめに来て正解だった」

実のところ、シルヴィがここに来たのは半ば偶然であった。

竜の涙という危険な品が市場に出回る可能性があると聞き、それを阻止するために辺境の街ルーメンに来たのだが……何と彼女が到着した時にはその一件は解決済みだったのだ。

本当ならば、そこで帰ってもよかった。

最強の魔導士などと呼ばれ、クラルス王国に所属している身でもあって、やるべき仕事は多い。

しかし、いくつか気になることがあり、彼女はこの街に留まった。

まず、何者が竜の涙を流そうとしたのかが判明していない。

結局、竜の涙そのものは見つからず、街中で魔力が暴走する大惨事は免れたとはいえ、タチの悪い冗談では済ませられない。

何故なら、竜の涙の原材料とも呼ぶべきヴイーヴルが、街中で発見されたからだ。

ヴイーヴルは、国の許可なく手を出すことは禁じられている極めて危険な魔物である。

そんな魔物を街に持ち込むなど、もっての外だ。

竜の涙は、使い方次第で様々なことが可能で、だからこそ賢者の石などとも呼ばれているが、その本質は純粋な魔力そのものにある。

結局のところ、魔法の効力は――術者の才能も関係はあるものの――どれだけ魔力を費やしたか次第だ。

ならば、竜種の中でも最大と言われるほどの莫大な魔力を一つの魔法に込めたら、国一つ滅ぼす程度、容易いだろう。

逆に国に富をもたらす方向に使えば、多大な貢献を可能とするに違いない。

そして現在、魔王との戦争が終わって一年足らずしか経っていないこともあり、各国の復興は道半ば。未だ疲弊の只中にある。

ゆえに、そんなものがあると知られたら、各国は何があっても手に入れようとするだろう。

戦争で負った傷を癒すために。あるいは、その力が自国に向けられるのを防ぐために。

どこかの国にそれが渡ったという話が伝われば、最悪戦争も起こりかねない。竜の涙はそれほどの劇薬でもある。

だからこそ、流通は防がなければならない。

背後関係を探るため、シルヴィは引き続き情報を集めようとしたのだが……その途中でいくつかの気になる噂を耳にした。

竜の涙と関係があるのかは分からないものの、魔の大森林で魔物の異常行動が見られるという話だ。

最近この森では、普段は遭遇しないような魔物と想定外の場所で出会ってしまうことが多くなり、冒険者達の足が遠のいているらしい。

彼女はその噂を確かめるべく、こうして実際に来たわけではあるが……正解だったと言わざるを得ない。

どう考えても、魔の大森林で何らかの異常が発生している可能性が高かった。

「……早急な調査が必要。とはいえ、この様子だと私一人では無謀」

しかし、こうして異変を知ってしまったからには、何もしないのも寝覚めが悪い。

となれば――

「ん……誰かの手助けが必要。この森で、私以上にこの異常をどうにか出来る誰かの……」

その助けを求める先として最も適切なのは、やはりあの辺境の街の冒険者ギルドだろう。

この周辺を管理しているのもギルドなのだから、二重の意味で相応しいはずだ。

「……結果的に誰に協力を求めることになっても……それは不可抗力（ふかこうりょく）。仕方がない。……別に〝彼〟に会えないまま帰るのが残念なんて思っていないし、仮に思っていたところで、今回の件とは無関係」

そんな言い訳のような――否、言い訳以外の何物でもない言葉を呟きながら、シルヴィは魔の大森林に背を向けて歩き出す。

これ以上この場にいる意味はないからだ。

決して、彼に早く会いたいなどと思っているのが理由ではない。そんな言葉を心の中で嘯（うそぶ）き、Sランクの魔導士は、僅かに口元を緩めながら、その場から足早に去っていくのであった。

数日ぶりに訪れた冒険者ギルドを眺めながら、ロイは〝ここは相変わらず賑やかだな〟と思った。

この喧騒にはまだ慣れないものの、もう面食らうことはない。

こうして何度も訪れるうちに、きっとこれを当たり前だと感じるようになるはずだ。

「ま、それでもEランクに昇格するのはまだ先なんだろうけど」

ギルドから直接正式な依頼を受けたとはいえ、あれはたまたま条件が合致していただけのことだ。

Eランクに上がるには、まだまだ信頼やら何やらが足りていない。

とはいえ、FランクからEランクに上がるには平均して一年くらいかかるらしいので、気長にやれば問題はないだろう。

誰に言われずとも、ロイは最初から気長にやるつもりだったが。

そもそも彼がここ数日ギルドに来ていなかったのだって、何か理由があったわけではない。

宿でセリアやセリアの母と雑談しながら、のんびりだらだらしていただけである。

ただ、人間は放っておいたら簡単に堕落してしまう生き物だ。さすがに駄目人間にまで落ちるのは御免だと奮起し、ロイは重い腰を上げたのだった。

「んー……とはいえ、さて、どれをやったらいいんだろうなぁ」

依頼票を眺めながら、ロイは眉をひそめる。

今日はここから選んでみようと思ったものの、大半の依頼がCランク以上推奨で、ざっと見たところFランクの彼が受けるのに相応しそうなものはなかった。

「うーん……グレンさんやフルールのようなAランク冒険者がどうしてこんな辺境に来ているのかと不思議に思ってはいたけど……もしかしたら、ここはいわゆるエリート向けの避暑地なのかな？」

基本的に辺境でのんびりしたいと思う一流冒険者が来るような場所だから、Fランクの冒険者への依頼などはあまりないのかもしれない。

「まあ……見ても分からないんなら、やっぱり専門家に聞くのが一番かな」

たまには冒険者らしく自分で依頼を選んでみようと思ったものの、やはりまだ彼には早かったようだ。

ロイは素直に受付カウンターへと足を向けた。

幸いにも、受付は空いていたため、馴染みの受付職員のアリーヌのカウンターの前に立つ。

「いらっしゃいませ、冒険者ギルド、ルーメン支部へようこそ。本日はどうされましたか、ロイさん？」

微笑みと共に笑みを浮かべた顔と共にいつもの言葉が告げられ、だが、続く言葉は普段とは違うものだった。

「と、その前に……先日はありがとうございました。おかげさまで、依頼は無事完遂されました」

あの後、フルールはしっかり報告してくれていたようだ。そして、自分が顔を出さなかったのは本当に問題なかったらしく、ロイは安堵の息を吐き出す。

「いえ、まあ大したことなかったですしね。それよりも、今日は何か依頼を受けようかと思ったんですが……僕に出来そうな依頼ってありませんか？　あっちの依頼票を見ても、正直どれが僕に向いているのか分からなかったので」

「ロイさんに向いている依頼、ですか。……そうですね、実のところ一件だけあります」

「え、本当ですか？」

やはり困った時は専門家に相談するのが一番であった。とはいえ、そのうち自分一人で選べるようになるべきなのは間違いないが。

「はい。おそらくはロイさんが、先方の指定する条件に最も相応しいと思いますので」

「僕が最も相応しい、ですか？」

最近冒険者になったばかりの新人でも指定してきたのだろうか。

ロイは思わず首を捻る。

何故そんな指定をしてきたのかは分からないが……ともかく、専門家であるアリーヌがそう言っているのだから、きっと彼が相応しいのだろう。

「んー……僕で期待に応えられるかは分かりませんが、どんな内容の依頼なんですか？出来そうならば、精一杯頑張ってみるつもりですが」

「……そうですわ。簡単に言ってしまえば、調査のお手伝いです。おそらく、ロイさんならば何の問題もないと思いますよ」

「調査の手伝い、ですか？」

「はい。詳しいことは、ご本人からお聞きした方が早いと思います。ちょうどお越しになられていますから。あ、こちらに来られましたね」

その依頼人がやってきたらしく、アリーヌが目を向ける。

その視線を追ってロイも振り返り……思わず数度、瞬きした。

そこにいたのは、一人の小柄な少女であった。

水色の髪に、同色の瞳。

ローブで全身が覆われているせいで背の低さが強調されて、成人前の少女のようにも見えるが、既に成人しているということをロイは知っている。

向こうもほぼ同じタイミングで彼に気付いたのか、目を見開き、ピタリと足を止めた。

「……あの、どうかなさいましたか？」

その様子にアリーヌが怪訝そうに問いかけるが、その少女は応えない。

その代わりに、ポツリと一言呟く。

「……ロイ？」

「……シルヴィさん？」

二人は知り合いであった。

ロイの魔王討伐隊所属時代の唯一の知人にして、魔法の師匠。

ロイとシルヴィはしばしの間、そうして見詰め合ったのだった。

期せずしてシルヴィと再会を果たしたロイは、彼女を伴って宿へと戻ってきていた。

どこかで依頼の内容を詳しく話したいと提案されたからだ。

つまりはまだ詳しい話は聞いていないとも言えるが、以前色々な意味で世話になったシルヴィからの依頼であれば断る理由がなく、了承したのである。

そういえば、いつもは一人で宿に出入りしているので、こうして誰かと一緒に宿に入るのは初めてか……などと、他愛もないことを考えながら、ロイは扉を開く。

すぐにセリアの明るい声が聞こえ——

「いらっしゃいませ——って、あれ、ロイさん？　どうかしたんですか？」

だがセリアは、ロイの顔を見るなり首を傾げた。

彼は先ほど、依頼を受けに冒険者ギルドに行くと言って宿を後にしたのだ。それがすぐに戻ってきたのだから彼女が不思議がるのはもっともだ。

しかしロイはロイで疑問を覚えていた。

食堂の椅子に見知らぬ青年が座っていたからだ。

「うん、まあちょっと部屋ですることが出来てね。ところで、そっちの人は？」

「あ、はい！　以前からよくこの宿を利用してくださっていたお客様です！　母が快癒したという話を聞き、泊まりに来てくれたんです！」

「へえ……それはおめでとう、でいいのかな？」

「はい、ありがとうございます！」

セリアの母が倒れた日以来今日まで、この宿にはロイ以外の客が訪れることはなかった。

だがそれは、セリアの母が倒れたという話を聞き、しばらく様子を見た方がいいのではないかと、客の方が気遣ったからだ。

ただ、セリア達はもう大丈夫なのだから泊まりに来てほしいと常々言っており、それで、ようやく客が入ったために〝おめでとう〟となったというわけである。

とはいえ、そこまでの事情を知らない人からすると、少し不思議なやり取りだったかもしれない。

椅子に座っていた青年は怪訝な表情を浮かべ、何故か焦った様子でセリアに問いかける。

「セ、セリアちゃん……そ、そこの彼は？　何やら親しそうだけど……」

「あ、はい！　いえ、親しいって言ってしまっていいのかは分かりませんけど……えっと、彼もこの宿に泊まってくださっているお客様なんです。でも、それだけではなくてですね……その、実は恩人なんです、わたし達の！」

「へ、へえ、そっか……恩人」

「はい！　こうしてわたし達が元気でいられているのも、彼のおかげなんですよ！」

「そ、そっか……」

セリアの説明を聞いた青年は、ますます表情を暗くする。

これではまるで、意中の相手に冷たくされたみたいではないか。今の和やかな説明のどこにそんな要素があったのかと、ロイは首を傾げた。

いや、彼にとってこの宿は本当にお気に入りの場所で、いつの間にかそこに見知らぬ人物が入り込んでいたのを残念がっているのかもしれない。

もっとも、それはロイにはどうしようもないが……彼にしっかり自分のことを知ってもらえれば、敵ではないことを分かってもらえるはずだ。

そんな考えを察したのか、セリアが二人の間を取り持ってくれる。

「あ、ロイさん！　そのお客様は吟遊詩人さんで、色々な歌を知っているんですよ？　泊まってくださった時にはいつも色々な歌を歌ってくださって、わたしはそれが楽しみなんです」

「へえ、それはいいね。是非僕も聴いてみたいかな」

「っ……はい！　一緒に聴きましょうね！」

「う、うん……俺、頑張って歌うよ。……多分今回は悲恋の歌が多めになりそうだけど。ははは……何となくそんな気分だからね」

吟遊詩人の青年は、何故か今にも死にそうな顔でそう応えた。

もしかしたら、セリア達はいつも青年がうんざりするほどたくさんの歌をせがんでいるのかもしれない、とロイは考えたのだった。

と、そこまで話したところで、セリアはようやくロイの隣にいるシルヴィの存在に気付いたようだ。

まあシルヴィはここまで一言も喋っていなかったので、仕方ないが。

見知らぬ人物相手に、セリアは少し緊張した様子で問いかける。

「あ、あの、ロイさん……その方、は？」

「ああ、この人は……何て言ったらいいのかな？」

知人？　いや、それとも師匠の方が正しいだろうか。

はたして関係性としてはどちらの方が上なのか、などとロイが考えていると、セリアはその様子から何かを勘違いしたらしく、ますます表情を硬くした。

「えっと、もしかして、今度はその方と一緒に泊まられる、ということでしょうか？　それでしたら……その、もう少し広い部屋に案内しましょうか？　あの部屋にお二人で泊まるのは狭いでしょうし……それとも、それでもいいというのでしたら……えっと、わたしは、別に、構わないのですが」

セリアはどこか浮かない顔でロイとシルヴィを交互に見る。

……まあ確かに、いきなり部屋を移動するとなると一手間かかるだろうし、本来一人部屋のところに二人で泊まろうとするのは、それはそれで問題がありそうだ。

ここは彼女の手間を無駄に増やさないためにも、しっかり否定しておくべきだろう。

「あー、いや、別にそういう予定は特にないかな。彼女は……そうだね、今のところは依頼人って言葉が一番相応しいかな？」

「依頼人、ですか？」

その言葉を聞き、セリアは何故かホッと息を吐いた。

余計な懸念(けねん)がなくなって安心したのだろう。

「……ん、私は彼の依頼人。今のところは・・・・・」

一歩前に出たシルヴィが何故最後を強調したのかは謎である。

確かに、依頼が終われば知人か師匠かに戻るのだから、恒久的な立場ではない。その説明が必要かどうかはさておき……

「わ、わたしは彼が泊まっている宿の娘です！　今のところは、です！」

一方、セリアも対抗してそんなことを言い出したが……これはそのうち宿を継ぐという意思表示だろうか。

変なところで張り合う女性達に首を傾げながら、ロイはシルヴィを伴って自室へと向かう。

「えっと……とりあえず、そういうわけで、僕達は一旦部屋に行くね。そこで依頼の詳細を聞くことになってるから」

「わ、分かりました……。ロイさん、気を付けてくださいね！」

「う、うん？　……分かった、気を付けるね」

ロイは一瞬、何に気を付けるのかは分からなかったが、依頼を受けると決めている以上は、既に依頼は始まっているのだと、気を引き締めて部屋へと戻った。

ロイが泊まっている部屋はそれほど広くはないが、二人で話し合うには十分な広さがある。

備え付けの椅子がちょうど二脚あるので、それに座って向き合う。

「さて……再会を祝いたいところではあるけど、今は依頼人と冒険者って立場だからね。そういうのは依頼を無事に完遂出来てからにするよ」

「……ん、異存ない」

シルヴィは一つ頷くと、ロイにまっすぐな目を向けた。

その眼光の強さに、ロイは反射的にごくりと喉を鳴らす。シルヴィがどれだけ真剣なのかが伝わってきたからである。

セリアが言った通り、気を付けて話を聞く必要がありそうだ。

さすがは幼い頃から客商売の手伝いをしてきただけのことはある。

改めて気を引き締めたロイを見て、シルヴィは準備が整ったのを確認したかのようにもう一度頷いた。

「……単刀直入に言う。魔の大森林と呼ばれている場所で、魔物の異常行動が見られる。その調査を手伝ってほしい」

彼女はロイの瞳をまっすぐ見つめたまま、そう切り出したのだった。

木々が鬱蒼と生い茂った森の中。魔の大森林と呼ばれている場所を、ロイとシルヴィは

連れ立って歩いていた。シルヴィの依頼を遂行するためである。

「で、魔物の異常行動が見られるって話だったけど……縄張りの外に出てくる魔物が多くなったって話だっけ？」

「……ん。そのせいで、最近この森で想定外の魔物と遭遇することが増えている、らしい」

野生動物同様、魔物にも縄張りは存在する。

そのおかげで出現範囲はある程度予測可能で、冒険者などは自分の強さに見合った魔物と戦うことが出来るのだ。

しかし、シルヴィの話によると、ここ最近の魔の大森林では本来そこにいないはずの魔物と遭遇するケースが増えているらしい。

「で、その調査のために僕が同行することになったわけだけど……まあ、同行者が必要な理由は分かるよ？　シルヴィはここに慣れていないだろうしね。でも、僕ってそれに相応しくないんじゃない？」

慣れていないのはロイも同じだ。

彼とて最近ここに来たばかりで、以前の森とどう違うのかすら分からないのだ。

普通に考えれば、それこそグレン達のように長くこの地で活動している冒険者を同行させた方が良い。

「……そんなことはない。あなたが適任」

「そう？　シルヴィがそう言うんならいいんだけど……」

彼女はこう見えて世界最高峰の魔導士——Sランクを与えられた、唯一の魔導士である。

もちろん、魔導士だからといって一概に攻撃に秀でているとは限らないが、シルヴィは攻撃魔法こそが本分だ。

並の魔物など容易く蹴散らしてしまう。

その魔法の冴えを、ロイは何度も目にしたことがあった。

新人冒険者が一緒でも問題はないという判断なのだろう。

「とはいえ、あまり役に立てるとは思えないんだけど……ああ、でもそういえば、初めてあの街に行った時、何体かの魔物を倒したって言ったら、受付の人が驚いてたっけ。何故かAランクのグレンさんまで確認に来てたけど……もしかして、この件が関係しているのかな？」

ロイはその時にグレンと出会い、それが縁で色々教えてもらえるようになった。

しかし、考えてみればおかしな話だ。

本人はちょうど暇だったから見に来たなどと言っていたが、Aランクの冒険者が新人冒険者の倒した魔物を確かめに来る理由がない。

しかし、ロイは迷子になったせいで色々な魔物と遭遇したし、その中にあり得ない種類のものが含まれていた、と考えれば納得がいく。

「……そうかもしれない」

「そっか」

ならば初めから異常事態に接していたロイには、余計に違いなど分かるはずがないが……あるいは、だからこそ適切だと判断したのか。

どちらにしても、依頼を受けた以上、ロイは黙って従うだけであるが。

「ところで、そもそも何でシルヴィがわざわざこんなことしてるの？」

シルヴィはクラルス王国所属の宮廷魔導士であったはずだ。

「まあ、一応クラルス王国の西端が魔の大森林に接してるから、ここで何かあったらクラルス王国も無関係ではいられないだろうけど……その関連で？　それとも、冒険者ギルドから頼まれたとか？」

ロイの問いに、シルヴィは首を横に振った。

どちらも違う、ということらしい。

「……元々は、別の用事で来た。でも、そっちは既に解決済みだった」

そう言いながら、シルヴィはジッとロイを見つめた。

はて、これはどういう意味だろうかと思い首を傾げるロイだが……ふと、思い当たる節があった。

「あー……もしかして、竜の涙、だっけ？　あれのこと？」

「……ん」

頷くシルヴィを見たロイは、まずいと思いながら僅かに眉をひそめた。

あれは既にセリアにあげてしまったからだ。

あれほど喜んでくれたのに、やっぱり返してとは言いづらい。

だがそんなロイの思考を読んだかのように、シルヴィは首を横に振った。

「話はギルドからある程度聞いてる。私に渡す必要はない」

「え？　そうなの？　探してたんじゃ？」

「探していたのは事実。でもそれは、悪用されないように。魔力が蓄えられていないのなら、回収する必要はない」

「そっか……ならよかった」

安堵するロイを見て、シルヴィが目を細める。

「……もしかして誰かに……いえ、いい。ただ……回収する必要はないけど、その話で気になるところがある。魔力が蓄えられていなかったこと」

「少なくとも、僕が見た限りではそうだったよ？　いや、僕が未熟で何か見落としている可能性はあるけど……」

「……そうじゃない。そこは疑ってない。ヴィーヴルは生まれた直後からずっと瞳に魔力を蓄え続ける。だから最初から魔力が蓄えられていないという状況は基本的にありえない」

それは確かにおかしな話であった。

あるいはあれが生まれたての状態だったのならば話は別だが……さすがにそういうことはあるまい。

「考えられるのは、蓄えられた魔力を何者かが奪い取った、という可能性」

その言葉を聞き、ロイは首を傾げた。

「魔力を奪うなんてことが出来るの？　確か、他人の魔力って物凄い干渉しづらいんだよね？」

「竜の涙が賢者の石と呼ばれて珍重される理由の一つは、その汎用性。膨大な魔力量はもとより、何より魔力が〝透明〟だということが最大の利点」

一口に魔力と言っても、個人によって色が決まっており、異なる色の魔力に干渉する場合は、まず自分の色に染め直す必要がある。

そのため、他人の魔力は扱いづらい。

だが、その魔力の色が染められていない――つまり、透明であるならば、簡単に自分の色に染められるため、非常に使い勝手が良いのだ。

しかし、魔力が自然に透明になることはほぼないので、人為的にそうするにはかなりの手間がかかってしまうらしい。

「ヴイーヴルは透明な魔力を持つ例外的な存在」

「そんなのがいたんだね。……で、そういう例外的な存在なら、魔力も奪い取れる、と？」

「普通は抵抗するから無理。抑えておくにはSランクに匹敵する力が必要なはず。その上で、魔力の扱いに長けた人物も必要」

「だけど理論上は可能、と」

そして、実際に魔力を抜かれたと思しきヴイーヴルがいたということは、実行されたと考えるほかないということなのだろう。

「そもそも、おそらくはヴイーヴルを街の中に運んだのも魔導士の仕業。高位……大体Aランク以上なら、拘束されたヴイーヴルを転移出来るはず」

「大分限定的ではあるけど、逆に言えば可能な人はいるってこと、か」

「……ヴイーヴルの魔力は、本当に膨大。機会があるならば、手に入れたいと思う魔導士はたくさんいるはず。……私も例外ではない」

「まあでもシルヴィなら、実際にはそんなことはしないだろうけどね」

身内贔屓とはいえ、そう断言出来る程度にはロイはシルヴィを信頼していた。

シルヴィの側がロイをどう思っているのか分からないが……

「……ん、ありがとう」

「どういたしまして。しかしそうなると、奪われた膨大な魔力が、どこかにあるってことだよね？　それとも、既に何らかの形で使われたとか？」

「さすがに使われたら分かるはず。隠そうと思っても絶対に痕跡を残してしまうほどの、本当に膨大な魔力だから」

「なるほど……解決したようでいて、実はこの前の一件は何も解決していないのか。で、そこまで分かった上でここを調べるってことは、もしかして何か関係があるの？」

「直接的ではないかもしれないけど、関係はありそうだと思った。異常が連続で起こって、何の関係もないと思う方が、無理」

「それは確かに。ただ、正直なところ、シルヴィがそこまでする必要はないんじゃないかって思ったりもするんだけどね。この街の治安は冒険者ギルドの管轄なわけだし、あとは任せちゃってもいいんじゃ？」

　その言葉に、シルヴィは少し何かを考えるような素振りを見せたものの、結局は首を横に振った。

　それから少し間を置いて、口を開く。

「……正直なところ、ギルドはあまり信用していない」

「え……なんで？」

「冒険者のための互助組織とか言ってはいるものの、結局アレは独自の組織」

「あー……まあ、そう言われれば？」

元々は魔王が出現したことで活発化した各地の魔物に対抗するという名目で、国に関係なく動けるよう作られたのが冒険者ギルドだ。

だから、今も国からの干渉は受けないし、実際に役に立った実績により、今ではどの街にも必ず存在している。

そして、いつの間にか冒険者のための互助組織と自称するようになったのだ。

「本当は何を考えているのか、分かったものじゃない」

「まあ、一理あると言えば一理ある、かな？」

「……あくまでも私の考えだから、無理に同調する必要はない。少なくとも、今の世界に必要不可欠な存在となったのは事実。でも、警戒はしておくに越したことはない」

「んー、ま、そうだね。心に留めておくよ」

一応、ロイは冒険者ギルドに属しているとはいえ、確かに多少は気にしておいた方が良さそうだ。疑いすぎるのはともかくとして、盲目的に信じるのは問題である。

そんな話をしながら森の奥へと進み……ふと、ロイは首を傾げた。

「ふーむ。ところで、魔物と遭遇する頻度が高いどころか、まったく魔物の姿見かけなくない？」

「……言われてみれば？　っ……いえ、これは明らかな異常。どうして今まで――」

と、何かに気付いたのか、シルヴィが足を止める。

そのまま周囲を見渡そうとし、頭上に影が差したのは、まさにその時であった。

何かと思い、見上げれてみれば……

そこには天を覆い尽くすほどの巨影が飛んでいた。

逆光になってはっきりとは見えなかったものの、輪郭を見ただけでもそれが何であるのかを理解するには十分で――

「……竜」

シルヴィは戦きながらその名を口にすると同時に、自身の死を覚悟した。

――竜。

言わずと知れた、最強の魔物だ。いや、同じ魔物という言葉に含めるのが躊躇われるほど、他の魔物とは一線を画す存在である。

その特徴は三つある。

一つは規格外の巨体。

一部の例外を除けば、ほとんどの魔物は最大でも体長十メートル程であるのに対し、竜は幼体でさえ十メートルを超す。

さらに、成体になれば最大で五十メートルを上回るという。

あの竜は十五メートル程度なのでまだ幼体なのだろうが、それでも脅威でしかない。

大きいということは、ただそれだけで十分過ぎるほどの武器となるのだ。

あの巨体に押し潰されたら、あるいは、あの巨大で鋭い爪で引き裂かれたら。

どんな未来が待つかは語るまでもあるまい。

二つ目の特徴は、その膨大で圧倒的な魔力である。

ヴィーヴルも膨大な魔力を瞳に蓄えるが、それでさえ成体の竜には及ばない。

この竜はそこまで至ってはいないようだが、それでも優にシルヴィ十人分の魔力は保持している。

それだけの魔力を身に纏えば、どんな攻撃であろうと届かないし、どんな防御であろうと紙のように引き裂かれるだろう。

極めつけは、その魔力を込められたブレス。一度放たれれば、全ては灰燼と化すのみ。

待ち受けるのは回避も防御も不可能な、絶対的な死だ。

そして竜種の持つ特徴の三つ目は、そんな強大な存在が空を飛んでいるということであった
竜種はその身体の巨大さゆえに的が大きいとも言えるが、空にいるとなると三次元的で自由自在な移動が可能になる。

対するこちらは地面にへばりついているしかないとくれば、どれだけ相手が有利かという話だ。

人類にとって死と隣り合わせの魔の大森林においてでさえ、この成体になってすらいない竜は他の魔物達から恐れられる存在だろう。

それが、竜というものなのだ。

とはいえ、ロイの隣に立っているのはＳランクの魔導士。

Ｓランクは、国家を救うほどの偉業を成した者にのみ与えられる、極めて特殊な称号だ。

たとえば、竜を単独で打倒するなど。

だが……残念ながら、シルヴィにアレを倒すのは不可能であった。

そもそもシルヴィは竜とすこぶる相性が悪い。

シルヴィの最大の攻撃方法は言うまでもなく魔法だが、相手はシルヴィの十倍以上の魔力を持っている。

膨大な魔力で身を守っている竜は魔法が効きづらいため、万に一つも勝ち目はあるまい。

ではロイならどうか？

シルヴィは彼の圧倒的な魔法の実力を目の当たりにしてはいたが、確信は持てなかった。

ここ百年の間、竜と交戦して勝利した記録はない。

追い払ったとされる記録はあるものの、よくよくその報告を見てみれば、単に竜が興味を失って去っただけなのだと分かる。

また、魔王と竜のどちらが強いのかも、比較出来る材料が存在してはいない。

ただ一つ、シルヴィに分かるのは、自分はアレに勝ち目がないということだけであった。

竜を前にして何の動きも見せないシルヴィに疑問を覚えたのか、ロイが首を傾げた。

「……シルヴィ？」

彼の目には竜に対しての恐れはない。

しかし、竜が攻撃してこないと思っている……ということはないだろう。

ああして姿を見せた時点で、竜がシルヴィ達に敵意を持っているのは明らかだからだ。

まだ攻撃してこないのは、おそらく警戒しているからで、いつ攻撃に転じても不思議ではない。

そのことはロイならば理解していないはずがない。

となれば、彼が恐れていない理由で考えられるのは二つ。

ロイ自身がアレに勝てると思っているか……あるいは、シルヴィと一緒ならば問題ないと思っているかだ。

ロイはシルヴィが自分よりも上の魔法を使えると信じている。

シルヴィがそう装ったからではあるが……ここにきてとんだ弊害が発生したと言えよう。

彼女も、いつかこんなことがあるかもしれないと、予想してはいた。

それでも、ロイに失望されたくない一心で、装い続けていたのだ。いつか真実が明らかになった時、より深い失望を与えてしまうと理解した上で。

「……実は、アレと私とは相性が悪い。多分、私では勝ち目が薄い」

しかし、この期に及んで、彼女ははぐらかした。

どれだけ利己的なのだと、自分で自分に失望しながら、シルヴィは内心で臍を噛む。

しかし、そんな彼女の気持ちなどどこ吹く風で、ロイがあっけらかんと言い放った。

「あ、そうなんだ。じゃあ僕が倒しちゃうね」

次の瞬間――

シルヴィには何が起こったのか認識すら出来なかった。

彼女がかろうじて視認したのは、ロイが剣を引き抜いたというところまで。

その直後にはもう、全ては終わっていた。

上空を飛んでいた巨体が、真っ二つになっていたのである。

場違いなほどにお気楽なロイの声が、魔の大森林に響く。

「終わりっと」

竜と言えば、絶望の代名詞とまで言われる存在だ。

それを当たり前のような顔で瞬殺してしまうのだから、さすがとしか言いようがなかった。

シルヴィはゆっくりと、呆れとも感心ともつかない息を吐き出し――

「んー……それにしても、図体だけは無駄に大きかったけど、大したことないワイバーン・・・・

だったね」

彼の言葉を聞き、シルヴィの動きがピタリと止まった。

数度瞬きを繰り返し、ゆっくりとロイに視線を向ける。

「……ワイバーン？」

「うん？　どうかした？　今のってワイバーンで合ってたよね？　一瞬竜かとも思ったし、なんかシルヴィまで勘違いしちゃったみたいだけど、竜があんな弱いわけがないもんね」

ロイにとって今の竜は、幼竜だという認識すら抱かないほど弱かったということらしい。

本当に、さすがだ……と、シルヴィは溜息をついた。ロイはただの勲章と化しているSランクとは違う、世界を救えるだけの本物の力を持っているのであった。

しかしだからこそ、その誤った認識を正すことが出来ないというのは、ある意味皮肉な結果なのかもしれない。

彼は間違いなく世界最強の存在だ。

百年の間、倒すのはおろか挑むことすら出来なかった魔王を、単独で打倒してのけた人物。

それゆえに、彼の動向には細心の注意を払わなければならなくもあった。

もしその力が人類に向けられたら、今度こそ人類が滅びてしまうだろうから。

彼は決してそんな真似はしないと分かってはいても、万が一の可能性を振り払えず、結果、未だ誰一人として彼に真実を告げることが出来ずにいる。

それは魔王討伐隊の面々も例外ではない。

間違いなく人類最高峰の力を持つ者達ではあるが、だからこそ、ロイの力をよく分かっているのだ。

討伐隊が必死になって戦った魔物を、ロイはあっさりと倒していく。

彼との間には絶望的なまでの差があった。

いくら自分達が束になってかかったところで、勝ち目などない。

シルヴィもそれは同様で……いや、むしろ彼への認識はまだまだ甘かったと言うべきか。

こうしてロイの戦うところを見るのは初めてであったが、ロイの強さは彼女が想像していたよりもはるかに上であった。

それゆえに、彼が世界最強であることを告げないというシルヴィ達の判断は間違ってはいなかった。

……否。

本当は、シルヴィはそんなことはどうでもよかった。

周囲の者達は人類のためを思って黙っていたのかもしれないが、少なくともシルヴィは違う。

彼女がロイに自身の力を自覚させないようにしているのは、もっと利己的な理由だ。

ロイが自分自身を特別だと自覚してしまえば、彼女の手が届かないほど遠くに行ってしまうからであった。

――今の彼はまだ、シルヴィのことを見てくれている。以前少しだけ魔法の師の真似をしただけの相手のことを、久しぶりに会った友人のように接してくれる。しかしそれは、ロイにまだ親しい人物がいないからだ。

親しい人物が出来てしまえば、きっとこんな可愛げのない女など、目も向けなくなるに決まっている。

シルヴィはそう考えて溜息を吐く。

シルヴィには致命的に愛想がないのも、そもそも表情筋が死んでいるのも、自分が一番よく分かっていた。

笑みの一つも向けられるなら、とっくにやっている。

だからこそ、少しでも彼に目を向けてもらうためには、彼に自分を特別だと自覚してもらっては困るのだ。

たとえそれが、ほんの少しの延命措置にすぎないとしても。

とはいえ、自分をどう思っていようと、彼が特別な存在であることに違いはない。

ならばロイに熱の篭った目を向ける者はこれからも出てくるだろう。

シルヴィはそのためにも出来るだけ彼のそばにいたいと思っていたが……生憎そうも

言っていられない。

この異常事態を放っておくわけにはいかなかった。

国王がわざわざ彼女を送り込んだということは、おそらくロイがここにいるという情報を掴んでいた上でのはずだ。

あの国王はシルヴィが何を考えて動いているのかをよく分かっている。

ならば、しっかり役目を果たしていれば、再びここに来ることも出来るはず。それが多分最も長く彼と共にいるための最善手であった。

シルヴィが魔法をここまで磨くことがなければ、もっとしがらみが少なく、自由に動けたかもしれない。

しかし、そうしなければ彼女はロイと出会えなかった。

これはもう仕方のないことである。

ともあれ、まずはしっかりと役目を果たしつつ、彼と共にいられる時間を少しでも堪能すべきだ――そう結論付け、シルヴィはこの後何をするか考えるのであった。

冒険者ギルドの受付職員をやっていると、必ず言われる言葉がある。

楽そうで羨ましい、というものだ。

ずっとギルドで座ったままで、ニコニコ笑いながら冒険者の話し相手をするだけ。

世間からはそういうものに見えているらしい。

その度に〝ならお前がやってみろ〟と言いたくなる衝動と戦うことになるというのは、受付職員における〝あるあるネタ〟であった。

とはいえ、受付担当になる者は、基本的にそういう現実を事前に理解している者ばかりである。

周囲から楽だと思われているということも、実際にはそんなでもないということも、承知した上でなるのだ。

そう、承知してはいたのだが……もしも自分の未来が予め分かっていたならば、こうしてここに座ってはいなかったかもしれない。

そんなことを思いながら、受付職員のアリーヌは、目の前の相手に分からないよう小さな溜息を吐き出した。

「……なるほど。それでこの魔物の素材が、というわけですか」

どうして目の前に〝コレ〟があるのかの説明を受けた後で、彼女は再度小さく溜息を吐き出す。

正直なところ、ここ最近は自分の常識の外にあるような事態が次々と起こっているため、そういったことにも随分慣れてきたと思っていたのだが……どうやら気のせいだったらしい。

眼前にあるのは、とある魔物のものだという爪だ。

大きさだけで言うのなら、以前ロイが持ってきたものの方が大きい。

無論、常識的に考えればこれでも十分に大きいのだが、それでも今更驚くほどのことではないはずだ。

だが、不思議とアリーヌは、それを前にすると身が引き締まるのを感じた。

ロイはワイバーンなどと言っていたが……本当はそうではないのだということを、彼女は本能的に理解しているのだ。

これは間違いなく、竜であった。

ゴブリンを知らない子供でも知っているだろう伝説級の魔物で、おそらくは世界で最もその存在を知られているモノ。

畏怖と恐怖の象徴であり、ある種の者が目指す先でもある。

冒険者になった者の中では、きっと竜を倒すことを目標としていた者も珍しくはないはずだ。

魔王という脅威以上に人々の心を掴んで放さなかった存在。

それをこんな風に気楽に持ってきてしまうのだから、本当にこのロイという人は何なのだろうかと、アリーヌは改めて首を捻る。

もちろん、ある程度の予測ならば立っていた。これは彼女個人のというよりは、このギルド全体としてのものであったが。

基本的に冒険者とやり取りするのは受付職員のみではあるが、短期間の間にこれほど色々とやらかす人物を、ギルドが放っておけるわけがない。

ここ最近のギルド内の話題は、ほとんどが彼に関わるものであった。

Sランク魔導士のシルヴィが訪れるという連絡があり、一時はそっちも話題となったが……蓋を開けてみれば、結局のところ〝彼関係〟であったのだから、最早言葉がない。

呆れも苦笑も出てはこなかった。

ただ、シルヴィと知り合いだということにより、彼が何者なのかに関してはほとんど答えが出たとも言えるだろう。

少なくとも、魔王討伐隊に参加していたのはほぼ確定だ。シルヴィが表舞台に顔を出していたのは、あの時がほぼ唯一だからである。

もっとも、あれだけの魔物を倒せるという時点で、自ずと導き出される結論ではあるが。

それでも直接ロイに確認したりしなかったのは、冒険者なんて訳有りばかりだからだ。

最初はロイが魔物のことをよく分からない風だったのも、アリーヌはあくまでもポーズに過ぎないと考えていたほどである。

しかし、どうやら本気で理解していないようだと気付いたのはしばらく経ってからのことだ。

それにしても……いくら魔王討伐隊に参加出来るほどの実力とはいえ、竜ですらあっさりと狩ることが出来る者など限られている。

世界最強の魔導士であるシルヴィや、聖騎士などと呼ばれる名高い人物ですら不可能なはずだ。

そんなことが可能な実力を持つのは、ただ一人。

とはいえ、それこそ掘り起こしたところで誰も得しない。

ひっそりと胸に仕舞いこんでおくのが賢い方法である。

――特に自分にとっては、決して歓迎すべき相手ではないのだから、なおさらだ。

そもそも、今はそれよりも気にしなければならないことがあった。

アリーヌは気持ちを切り替えると口を開いた。

「ところで、確認なのですけれど、魔の大森林の件は本当だった、ということでよろしいのですよね？」

「あ、はい、少なくともシルヴィはそうだと確信を持ってたみたいです。だからこそ、報告は僕に任せて、本人は本格的な調査をするために一旦王国に戻ることにしたらしいですし」

「……そうですか」

ギルドとしても異変はほぼ間違いないだろうと推測してはいたものの、確定となると厄介極まりない。

今後はギルドが本腰を入れて動くようになるということだからだ。

あのシルヴィがそう判断した以上、ギルド上層部も疑うまい。

竜がいたということは、おそらく〝もう少し〟ということなのだろうが……さて。

湧き上がってくる感情を誤魔化すように、小さく息を吐き出す。

何はともあれ、今のアリーヌはただの受付職員である。

ならばやるべきことをやるだけだと、彼女はロイから渡された竜を始めとする魔物の換金作業の手続きを進めていくのであった。

瞬間、轟音が爆ぜた。

視界一面が炎の海に沈み、闇の中に真っ赤な花が咲き誇る。

だがそれが続いたのも、ほんの少しの間だけ。

闇の中に紛れるように炎が消えていくと、後に残ったのは無傷の防壁であった。

辺境の街ルーメン、その防壁の一画である。

「無傷……というよりも、そもそも届いていない感じかしらねー」

その光景を眺めながら独りごちたのは、全身黒尽くめの人物であった。

黒いローブのフードを目深に被っているため、顔はまるで見えない。

形の良い唇が、僅かに弧を描き、自嘲の色を帯びた女性の声がこぼれる。

「ま、分かっていたことだけどねー」

ルーメンの周囲に張り巡らされた強固な結界は有名だ。

それがあるからこそ街の人々は安心して日々を暮らせるのだし、そうでもなければ周囲には危険な魔物が多い辺境の地に、ここまでの人は集まるまい。

おまけにこの街は、近付くだけでも最低Cランクが必要とされる魔の大森林などという場所に接しているのだ。

徒歩で三十分はかかる距離があるとはいえ、逆の見方をすれば、それだけしか離れていないとも言える。

あそこにいる魔物の能力を考えれば、最悪二、三分もあれば街へと辿り着いてしまうかもしれない。

魔物にはそれぞれ縄張りがあるとはいえ、そこから絶対に出ないという保証はないのだ。

しかし仮にそんな魔物がやってきたところで、破られる心配はないと断言出来てしまうほどのものが、この結界なのである。

最初から強固ではあったものの、世界最強の魔導士が手を加えたことでさらに堅牢(けんろう)になったという。その世界最強の魔導士本人が本気で魔法を使っても傷一つ付かなかったなどと噂されるほどだ。

「それが本当なのかは分からないけど……少なくとも、本当に強固だっていうのはたった今証明されちゃったわねー」

先ほどの魔法は小さな村程度ならば焼き尽くすだけの威力はあったのだ。

それなのに、結界は壊れるどころか、ひびが入った様子すらない。

おそらく、結界の内部には僅かな衝撃すら届いていないだろう。

一応結界の強度を確認するための小手調(こてしら)べだったので、彼女も本気ではなかったが……本気でやってみたところで意味はあるまい。

衝撃だけならば結界の内部に届くかもしれないが、すぐそこには防壁もあるのだ。結局、街の中に音すら響かせられず、無意味に終わるのは目に見えていた。

「やっぱり、あっちをどうにかしないと無理、ということかしらねー」

とはいえ、そう簡単にどうにか出来るのであれば、とうにやっているという話だ。

「この前はせっかく上手くいきそうだったのに、結局失敗してしまうしー、そのせいで警戒されてしまったのかしらー」

下手に信憑性を持たせるために凝ったことをしたのは、さすがにまずかった。

「呪術なんて、何か企みましたって言っているようなものだものねー」

せめて、失敗を悟った時に証拠を破棄してくれていれば、どうとでも誤魔化しようはあったのだが……さすがにそれは求めすぎか。

それに、そういった状況を予め想定していなかったこちらも悪い。まったく、上手くいかないものだ……と、彼女は苦笑する。

「ある意味、やり甲斐があるとも言えるのかもしれないけど……別に苦労したいわけじゃないのよねー」

楽に目的を達成出来るのであれば、それに越したことはないのだ。

もっとも、そんなことを言っていられなくなってしまったのも事実ではある。

いっそ全てが全て失敗してくれるのならば、彼女にとってもよかったのだが、逆に一部が成功してしまったのが余計にまずかった。

「よりにもよって、一番成功する可能性が低かったものが成功しちゃうのだものねー」

竜が出てきたことといい、向こうだけは順調すぎるほどに進んでしまっている。

であるならば、こちらも諦めるわけにはいくまい。

「……それはそれで、手の一つと言えば一つではあるんでしょうけどねー」

どうせこのままでは成功する可能性は低いのだ。次の機会を待つというのも手ではある。

何人かは勝手に動くかもしれないが、別に知らないフリをしてしまえばいいのだ。

元より協力しているわけではない。

それならそれでと、向こうもきっと納得するだろう。

「……なんて考えている時点で、そんなつもりがないことは言うまでもないのだけどー」

次の機会？

それが訪れるのは一体いつだ？

そもそも来るのか？

それを考えれば、ここで引く理由はない。

元々成功するかも分からないような賭けだった。ならば、多少なりとも成功の目がある時点で、挑むには十分というものである。

「何にせよ、急ぐ必要がありそうねー」

向こう側とは意思の疎通が出来るわけではない。

彼女はあくまで勝手に利用しているだけで、彼女にまで被害が及んだとしても何の不思議もない。

そういう立場だからこそ、周囲の目を欺けるのではあるが。

「とはいえー……これ以上試したところで無理そうだし、こっちはもう一つの方に利用させてもらおうかしらねー。あっちもあっちで、どうにかしないといけないわけだし」

最終的には、この結界もどうにかしなければならないが、そこまでしたところで〝あの少年〟がいては全てをひっくり返されかねないのだ。この前の……あの医者達のように。

「まったく、どうしてこんな時に、って感じではあるんだけど……そのおかげでここまで進んだってのもあるのよねー」

何にせよ、あの少年をどうにかしなければならないことに変わりはない。

それは目の前の結界もそうだが――

「……一応、この結界だけなら、確実に壊せる手は、あるにはあるのよねー」

手に入れた〝例のモノ〟を試しに少量取り込んでみたからこそ、自分ならば何の問題もなく使いこなせると分かる。量は膨大で質も極上。ならば、たとえ世界最強の魔導士が手を加えた結界であろうとも、何の問題もなく壊せるに違いない。

「ただ、そうしてしまうと、本来の目的を果たせなくなってしまうし……それじゃ意味ないものねー」

正直なところ、まったく心が動かないと言えば嘘になる。

借り物の力に頼ってだとしても、あの世界最強の魔導士を超えられるというのだ。

彼女は、先日偶然その魔導士を見かけた時のことを思い出す。

傍から見るだけでも、相変わらず圧倒的な才能を感じることが出来た。

だが、だからこそ、彼女は首を横に振る。

それはきっと、負けたことにしかならないからだ。

本当に勝ちたいのであれば、この計画を完遂するしかないのである。

「さーて、ともあれ、続けましょうかー。もちろん、本命の方も忘れずに、ねー」

効果が出はじめているのは確かなようだが、まだまだ足りてはいない。確実にその時を迎えるためにも……と、そんなことを考えながら、彼女は闇の中に紛れるようにして、その場から姿を消すのであった。

小さな欠伸を漏らしながら、ロイは食堂へと続く階段を下りていた。

十分な睡眠を取っているつもりなのにどこか頭が冴えないのは、むしろ寝すぎているのが原因かもしれない。

のんびりとした生活も度が過ぎると、実は身体に悪いのか――などと、くだらないことを考えつつ、彼は朝の食堂を眺めた。

つい数日前まではロイしか座る者のいなかったそこには、朝早い時間だというのに既に数人の客の姿がある。

無論、大半がこの宿の宿泊客だが、中には宿に泊まらずに食事だけを取りに来ている者もいるのだとか。

客層も商人風の者から冒険者と思しき者まで幅広く、小規模な宿だということを考えれば、状況は中々悪くなさそうだ。

自然とセリアの宿のことを考えているのに気付き、ロイは苦笑を浮かべる。

いつの間にか彼にとってこの宿は、当たり前に泊まっている場所になっていたらしい。

居心地がいいから仕方ない、などと心中で言い訳を呟きつつ、彼はいつものようにセリアに挨拶を告げた。

「や、セリアおはよう――って、どうかした？」

セリアの姿は一見普段通りにも思えるが、僅かにその笑みが曇っていた。

「あ、おはようございます、ロイさん！　と、えっと……何が、ですか？」

そう言って首を傾げたセリアに、ロイは目を細めた。

一瞬、客の誰かに何かされたのだろうかとも思ったが、どうもその手のトラブルではなさそうである。

こういう時は、あれこれ考えるよりも、本人に確認するのが手っ取り早い。

「いや、いつもより笑顔が少しだけ曇ってるみたいだからさ」

セリアは僅かに驚いた顔を見せた後、少しだけ嬉しそうに微笑んだ。

「……よく分かりましたね？」

「まあ、それなりの期間毎日見てれば、そのくらいはね」

「むぅ……そこは、わたしのことを気にしてる、とか言っていただけたら、より嬉しかったのですが……。まあ、気付けてもらえただけでも十分ですよね」

「で、何があったの？」

だが、セリアはその問いにすぐには答えず、困ったような表情を浮かべた。

「んー、言いづらいことだったりする？　だったら無理にとは言わないんだけど……」

「ああ、いえ、そういうわけではないんですが……何と言ったものかと思いまして。その……ロイさんは昨夜、何かを感じたりしませんでしたか？」

「うん？　何か、ねえ……」

ロイは昨夜のことを振り返ってみたものの、特に何も思いあたらなかった。

昨日は散歩がてら魔の大森林を見て回り、軽く魔物を三体ほど倒した後ギルドで換金し、その後は宿でのんびりするという、実に辺境での暮らしらしい生活を満喫していただけだ。

少なくともロイの知る限りでは特に異常はなかったように思う。

「ちなみに、それってどんな感じ？」

「えっと……言葉にするのは難しいんですが……胸騒ぎがすると言うか、ちょっと落ち着かないと言いますか……。街の外で何かがあったみたいな感じ、でしょうか？」

「街の外で？　変な音が聞こえたとか？」

この宿は大通りから離れた奥まったところにあるので、街の防壁も比較的近い。その方角から何かが聞こえて、彼女は不安になったのだろうか。

「いえ……そういうわけでもないのですが……」

「ふーむ……」

いまいち要領を得ないが、セリア自身も本当にどう言ったらいいのかよく分かっていない様子である。

別に放っておいても問題なさそうだが、ロイもこの後何か予定があるわけではない。

「そういうことなら、この後僕が街の外を見てこようか？」

「え……いいんですか？」

「特に今日の予定とかないしね。たまにはそういうのもいいんじゃないかと思うし」

この街に来てからというもの、ロイは魔の大森林に足を運んだことはあっても、街の外をじっくり見て回った記憶がない。

必要があるかどうかはともかく、せっかくこの街に住んでいるのだ。たまにはそんなのもありだろう。

何か新しい発見があれば儲けものである。

「えっと……それでは、お願いしてもよろしいでしょうか？」

「うん、了解。まあ、セリア達にはいつも世話になってるからね。このくらいのことで少しでも恩が返せるっていうんなら、安いものだよ」

「むしろロイさんに恩があるのはわたし達の方な気がするのですが……」

恐縮（きょうしゅく）するセリアに、ロイは肩をすくめて応える。

「まあ、それはそれってことで」

こうしてロイの今日の予定が決まったのであった。

朝食を済ませたロイは、少し申し訳なさそうなセリアに見送られながら宿を出た。

彼は街の外へ向かう前に、少しだけ宿の周辺を歩いてみる。

妙な痕跡がないかを探ったり、街の内側から防壁を眺めたりするためであったのだが――

「んー……まあ予想通りではあるけど、特に何もなし、か」

ロイはそれほど探知系の技能に自信はないものの、さすがに一般人のセリアよりは優れているはずだ。

そのセリアが感じ、ロイが何も感じないのであれば、単なる彼女の勘違いか、あるいは普通ではない何かが起こったかのどちらかだ。

もちろん、ロイが熟睡していたせいで異変を捉えられなかった可能性も捨てきれないが。

ともかく、単に周辺を探っただけでは何も見つからないというのは想定通りである。

「ま、予想は出来ていても、やらないわけにはいかないしね」

一通り宿の周辺を見て回り、何も見つからないということを確認した後で、ロイは当初の予定通り街の外へと向かった。

この街には東西南北それぞれに門がある。どれから外に出ても構わないが、出入りが完全に自由というわけではない。

門番のチェックを受ける必要と、商人であれば荷物に応じて税金を払う必要がある。

もっとも、ロイは商人ではない上に荷物もないが、チェックには多少の時間がかかった。

いつも外に出る時は基本そのまま魔の大森林へと向かうため西門を使うのだが、今日は南門を使ったせいもあるかもしれない。

大した理由もなく、たまには別の門を利用してみようと思っただけではあったものの、思った以上にチェックに時間がかかった。

むしろ、若干怪しまれていたようにも思える。

しかしこれは、考えてみたら当然かもしれない。

ロイは未だＦランクの新人冒険者だ。

冒険者というのは、基本的に誰でもなることが出来る。年齢制限やどこかの国に市民権を持っていなければならないわけでもなく、極論すれば犯罪者だってなれるのだ。

無論、冒険者になった後で罪を犯せばギルドが裁くものの、登録するだけならば本当に誰でも可能だし、身分を偽るための隠れ蓑に使われることもあるらしい。

だから、実績のないFランクの冒険者というのは信用されにくいし、むしろ疑いの目で見られるのが当然なくらいだ。

それは常識であり、ロイも知ってはいたはずなのに、すっかり忘れてしまっていたのは、最近そういったことがなかったからかもしれない。

ギルドの職員は仕事だからある程度公平に接してくれるし、依頼人のセリアは状況的にロイに頼る以外になかった。おまけに、この街でロイと交流があると言える冒険者は、何故かAランクの冒険者ばかりだ。Aランクの冒険者からすれば、下のランクの冒険者など全て同じようなものだろう。

そういった状況もあって、彼はFランク冒険者がどういう扱いを受けるかすっかり忘れてしまっていたのである。

「……というか、考えてみたら、西門でも最初は同じだったんだよね」

少なくとも、最初に西門から外に出ようとした時は、胡散臭そうな目で見られた記憶がある。

それがなくなったのは……確か、同じ日の帰りに西門を利用した後からだっただろうか。

その際に、門番の一人から〝冒険者なら証拠を見せてみろ〟と因縁を付けられた彼は、倒した魔物の一部を見せたのだ。

その結果、何故か門番達は全員真顔で黙ってしまい、以降はチェックなどは行われず素通り出来るようになった。

きっとしっかり冒険者をやっていると認めてもらえたのだろう。

その出来事を思い出したロイは、南門でも同じようなことをすればいいのではないかと思ったものの、あいにく今回の目的は魔物討伐ではない。

「まあ、次の機会があればその時に考えようかな」

などと呟きながら、ロイは街を後にした。

そうして南門を出てから少し歩いたところで振り返る。

視界に入るのは、辺境の街を囲っている防壁だ。相変わらず、辺境という名のつく場所には相応しくないくらいに立派である。

「……ま、大切なのは外見よりも中身、か」

そもそもロイ的には、割と辺境らしい生活を送れているのだから、ここがちょっとばかり賑わっていたところで問題はない。

「まあこんな辺境があってもいいよね」

そう結論付けて、彼は目的を達するべく、防壁に沿って歩き出した。

周囲を眺めながら、時折防壁そのものに触ってみたりするものの、やはりと特に問題は見当たらない。

結局はセリアの気のせいだったのだろうかと考えながらも、そのまま防壁沿いに歩き、周囲を調べ続ける。

そんな最中のことであった。

彼はばったりと、予想外の人物と遭遇したのである。

「ロイさん、ですか？……このようなところで、一体何を……？」

いつも世話になっている受付職員のアリーヌ、その人であった。

場所が場所だからか、いつものような笑みは浮かべていないものの、その姿はいつもギルドでに行くたびに目にしている姿そのままだ。

「それは割とこっちの台詞でもあるんですけど……。いえ、ギルドの人だということを考えれば、どこにいてもおかしくないのかもしれませんが」

正直こんなところで彼女と遭遇するとは予想外にも程があったが、それは向こうも同じだったようだ。

アリーヌは数度瞬きを繰り返した後で、何かを探るように目を細める。

「……もう一度お尋ねしますけれど、ロイさんはこんなところで何をなさっていたのですか？」

いつも浮かべている笑みがないせいか、その雰囲気は妙に鋭く感じられる。

おかげで口調まで詰問しているみたいに聞こえるが、別に隠すようなことをしていたわけではない。

彼は素直にセリアのことを説明した。

すると、何故かアリーヌは眉をひそめた。

「昨夜何かがあったと感じた、ですか……？　ありえない……いえ、もしや彼女は……？となると……なるほど、そういうことですか。道理で……」

ブツブツと独り言を呟きはじめたアリーヌに、ロイは遠慮がちに声をかける。

「あの……？」

「っと、申し訳ありません。なるほど……多少気になる部分はありますけれど、納得は出来ました。疑うような真似をしてしまい、申し訳ありませんでした」

「いえ、考えてみれば確かに怪しい感じだったなっていう自覚はあります。なので、それに関してはいいんですが……疑うということは、本当に昨日何かがあったんでしょうか？」

それで何かを調べているのなら、彼女がここにいるのも納得がいく。

受付職員といっても、冒険者ギルドの職員の一人なのだから、場合によっては受付以外の仕事をする日があってもおかしくはない。

何しろ、冒険者ギルドはこの街の治安維持を担っているのだ。その業務は多岐にわたる。

とはいえ、あくまでもそういう状況があり得るというだけで、珍しいことには変わりない。

「……まあ、受付職員の手も借りなければならないほど、今のギルドは忙しいのだろうか。

意外にもアリーヌは素直に頷いた。特に隠す必要はないということなのかもしれない。

「昨晩みたいなことは、たまにあるのです」

「そうなんですか？」

「ええ。この街から少し離れれば、そこら中に魔物はいますから。たまに街の方に近付いてくることもあるんです。昼間であれば冒険者の方が追い払ったり討伐したりするのですけれど、夜間は門を閉じてしまいますから」

「なるほど、そういう時に魔物がちょっかいをかけに来ることがある、と」

防壁と結界にそれほどの自信があるのか、この街では夜間の見張りはしていないらしい。

街中の見回りはしているものの、防壁に上っての監視はしていないようだ。

「夜間の魔物との戦闘は普段にも増して危険です。それに、この街に張り巡らされている結界は特殊ですし」

「特殊……？」

「はい。魔導士の中には時折特異な才能を発揮する方がおられるという話をご存知でしょうか？」

「ああ……ある分野にのみ特化している人……ですか？」

何事においてもそうであるが、魔法もまた人によって得意分野が存在する。

攻撃が得意であったり防御が得意であったり、補助が得意であったり様々だ。

とはいえ、大半はあくまでも〝傾向〟に過ぎず、他の魔法がまったく使えないというわけではない。だが中には、攻撃魔法しか使えない、防御魔法しか使えない、といった具合に、尖った才能を持つ者もいる。

しかしそれはまだマシな方で、中には火球の魔法しか使えないというレベルで特化した者も存在しているらしい。

もっとも、必ずしもそれが悪いわけではない。

完全に特化しているせいで汎用性はないものの、特定の魔法だけなら誰にも負けないほどのものになるからだ。

たとえば、それが結界の魔法であるならば、世界最強の魔導士の放つ攻撃魔法でさえ防ぐ結界が張れるかもしれない。

「つまり、この街に張ってある結界はそういう人が張ったものだってことですか？」

「はい。結界の強度としては最上位です。先日、シルヴィさんにも見ていただいたのですけれど、彼女の言葉を借りれば〝強力という言葉すら生ぬるい〟だそうです」

「へえ……彼女がそこまで言うほどですか」

「通常の手段で破るのは彼女でも難しいとのことでした。実際解除するには結界を張った本人か、その血族でなければ不可能と、ギルドでは言われています」

「確かにそれは特殊ですね……」

ロイもそういう例は聞いた覚えがない。

とはいえ、Aランク冒険者のシルヴィが認めたのは事実なのだろう。

「さらに、ギルドでは他の魔導士の方々にも依頼して、時折補強しています。先日もシルヴィさんに依頼させていただきましたし」

「なるほど……。話を聞いた限りでは、それなら夜間に外の警戒をする必要はなさそうですね」

冒険者が多いとはいえ、彼らに毎晩警戒を頼むには、相応の報酬を払わねばならない。冒険者ギルドも無限の財を持つわけではあるまいし、節約できる部分で節約するのは当然だ。

「でも、ならばどうして何かがあったって分かったんですか？　誰かが偶然気付いたとか、そういうことですか？」

「いえ。念のため、何かがあった場合――結界が攻撃された場合などは、ギルドにその情報が伝わるようになっているんです」

「なるほど。完全に放置しているわけじゃないんですね。まあ当然ですか。で、昨日それに引っかかった、と」

「はい。昨夜異常が生じた――いえ、はっきり言ってしまえば、何者かに攻撃されたことが分かったのです」

「ふむ……」

ロイは何となくその場を見回してみたものの、特にそれらしき痕跡は見当たらない。

防壁に傷や損傷もなければ、魔物が倒されたような形跡も残っていなかった。

「僕もさっきから何かないか探しているんですが、何も見当たらないですし、既にその〝何か〟は去った後ってことですかね？」

「……だといいのですけれど」

言葉を濁すアリーヌに、ロイは首を傾げる。

「何か見つかったんですか？　いえまあ、話せないようなことでしたら、無理に聞こうとは思いませんけど」

そもそも、ロイが見て回っているのは、彼自身が気になったという以上に、セリアの不安を解くためである。

ギルド側が事態を把握していて何とかしてくれるなら、それで問題はなかった。無理に首を突っ込む必要はない。

ロイはそう、思っていたのだが――

「いえ、話せないというわけではないのですけれど……。そうですね、ロイさん、本日この後何か用事はありますか？」

「いえ、特にないですが……？」

「そうですか……それは幸いです。では、そんなロイさんにお願い……いえ、依頼があります。私と共に、この件を調査していただけませんか？」

予想外の言葉に、ロイは目を瞬かせた。

そんなロイをまっすぐに見つめながら、アリーヌは続ける。

「私も多少腕に覚えはありますけれど、一流の方には及びませんから。それに、私では気付けないことに気付いていただけるかもしれませんし」

彼女がロイに依頼を持ちかけたのには、そういう理由があったらしい。

彼女達受付職員は、荒くれ者同然の冒険者と一対一……時にはパーティー全員とやり取りをする機会がある。揉め事になった時のためにも、護身術などを身につけているのは当然だ。

「まあ、構いませんよ」

ロイでどれだけ役に立てるかは分からないが、街のすぐそばであれば、それほど問題はあるまい。

ルーメンの街の周囲は全て平原に囲まれているため、魔物が近付いてくれば確実に分かる。

魔物に襲われる前に街に逃げ込むことが可能なはずだ。

そんなわけで、受付職員のアリーヌに同行する形で周囲の調査を始めたロイは、周囲を見回しながらふと思い立った質問を口にした。

「そういえば、もしかして昨日ここにちょっかいをかけようとしたのは、人間だったりします？」

「……そうですね。その可能性は高いと考えています。タイミング的に気になることもありましたし……。そういえば、これはあなたにも伝えておいた方がいいかもしれませんね」

アリーヌは少しの間を空けてからロイに同意を示した後、新たな話題を切り出した。予想外の言葉に、ロイは首を傾げる。

「え？　僕にですか？」

「はい。続報があり次第お伝えすると言いましたから」

「それって……もしかして、セリアを騙そうとした医者達のことですか？　何か分かったんですか？」

「どちらかと言えば、もう二度と分からなくなってしまった、と言うべきでしょうか。――本部に向かう途中で襲われて、殺されてしまったとのことです」

　さすがに想定外すぎる話に、ロイは目を細める。

だがアリーヌは冗談を言っている顔ではなかったし……この場でそんな悪趣味な冗談を言う意味もない。

「それは……魔物に襲われて、ということですか？」

「断言は出来ませんけれど……ギルド側としては、その可能性は低いとの見立てです。そもそも彼らの護送に当たったのは、全員Bランクの冒険者のパーティーでした。また、その冒険者には、定時連絡のために通信用の魔導具が支給されていました。それなのに……」

「緊急用の連絡はなかった、か……」

　連絡する暇もないほど一瞬のうちにやられてしまったということだ。

「とはいえ、それだけなら魔物にやられたという可能性もありますよね？」

「そういった危険な魔物が現れたという報告はありませんし、何より、襲撃現場には魔物が暴れたような痕跡はなかったそうです。余程知能の高い魔物であればないとは言えませんけれど……」

「それよりは、人に殺された可能性の方が高い、か。その周辺に野盗が出たりするんですか？」

「特にそういった情報は得られなかったそうです。何よりも、先ほども言いましたように

Ｂランクの冒険者が六人ほどいましたから、並の野盗では歯が立たないでしょう……」

「確かに考えづらいですか……」

そんな腕利きの野盗がいたら名が知られているはずだし、そもそも、それだけの力があるなら野盗などではなく冒険者でもやっているだろう。

となると、何か別の目的があって襲われた可能性が高い。考えられるのは、口封じ、といったところだが……。

「あの人達、何か喋られたら困るようなことを知っていたんでしょうか？」

「それは私達も知りたいところではありますけれど……その可能性は高いと見ています。彼らが手にしようとしていたものが、よりにもよってアモールの花でしたから」

「あの花、ですか？」

「はい。……そうですね、あなたならば話しても問題はないでしょう」

アリーヌによると、アモールの花は加工の仕方次第では人の意思を壊し、人形のように自由に操れる非常に危険な毒物になるのだという。

「そのため、その管理は徹底されています。取引も禁止されていますし、入手したら報告の義務もあります。これはどこの国でも、この街でも変わりません。秘薬として使われたのが確認されれば問題ありませんが、それ以外の用途での使用が疑われる場合は厳しい取り調べがあります」

「ああ……なるほど。本部に連れて行かれたのは、そのためなんですね」

要するに、何かよからぬことに使おうとしていた可能性が高かったから、早急にしっかりとした場所で調べる必要があったというわけだ。

単純な詐欺事件では片付けられないらしい。

その犯人が護送途中で何者かの手によって殺されてしまったとなれば、やはり口封じであると考えるべきだろう。

「ところで、そんなことになってしまったんなら、アモールの花は大丈夫だったんですか?」

「あれはこちらで保管していたので大丈夫です」

「そうですか……それはよかった」

自分が採ったものが、何かよからぬことに使われるのは、良い気分ではない。

とりあえず、その可能性はなさそうなので、ロイは安堵の息を吐く。

と、そこでロイは、アリーヌがこの話題を切り出す前に口にした言葉を思い出した。

「そういえばさっき〝タイミング的に気になる〟って言ってましたが……昨夜の件とあの事件は何か関係があるってことですか?」

「この街が関わっている不穏な出来事が立て続けに起こった以上、そこに関連性があると考えるのは当然ではありませんか? と言いますか、ロイさんにも関わりのあることだと思いますけれど……」

「え？　いや、確かにアモールの花は当事者の一人ですし、今回もこうして関わってはいますが……あ、いや、もしかして、この前の竜の涙の一件も？」

この街に関係する不穏な出来事という意味では一致する。

その質問に、アリーヌは黙って頷き返した。

ロイは思わず顔をしかめる。

「なんか、気付いたら巻き込まれてる感が……。そういえば、あの件もあの件で、結局どうなったんですか？」

「魔物が街中に入り込んでいた理由に関しては、未だ調査中です。少なくとも、あの倉庫の持ち主は知らなかったようですけれど。これは魔法で確認したので確実です」

「つまり、あの場所は勝手に使われていただけですか。……犯人の目星は？」

「……ある程度は、といったところでしょうか。……少なくとも、冒険者であることはほぼ間違いないと思いますけれど」

「……まあ、それはそうでしょうね」

この街で力を持つ者は、冒険者以外にほぼいないのだ。

ならば、冒険者に疑いの目を向けるのは当然である。

「っていうか、それって僕に言っちゃってよかったんですか？　僕も容疑者の一人なんじゃ……？」

「確かに、自分で解決してみせることで容疑者候補から外れるという手段は大いに考えられますけれど……あなただけはないと確信しているので問題ありません」

「そうなんですか……？」

そこまで信頼を得るような真似をした覚えはないのだが……と、ロイは首を捻るが、すぐに思い直す。単に、ロイ程度ではそんな大それたことが出来るわけがない、という意味なのかもしれない。

だいたい、相手はBランクのパーティーをあっさりと壊滅させてしまうような猛者達なのだ。新人冒険者風情が交ざっているとは考えにくい。

だがそうなってくると、気になることがあった。

「一連の出来事に冒険者が関わっているとしても……素行に問題ある人はランクが上がらないはずじゃありませんでしたっけ？　そのせいで上位の依頼を受けられなくなって、実力も上がらない、という話を聞いた気がしますが……」

「そうですね。一応そういう決まりになっていますけれど……結局のところ人間の本性は、本人以外には分かりませんから。上手く隠している人や、ランクが上がって力を身につけたことで変わってしまう人もいますので」

「なるほど……ちなみに、そういう問題が判明した人ってどうなるんですか？　確か、ランクが剥奪される場合もあるんですよね？」

「それに加え、封印を施して力を強制的に抑えつけることもありますね。過去には、実力だけならばSランク相当と言われながらも、素行に問題があって封印を施された冒険者の方もいらっしゃったようです」

「そのまま放っておいたら明らかに問題起こしますもんね……。そういう人はその後どうなるんですか？」

「基本的にはそのまま冒険者として継続ですね。素行に問題があったとしても、優秀な冒険者というのは限られていますし、力を付けさせてしまった以上、ギルドにも面倒を見る責任がありますから。後は、その人次第ですね。心を入れ替えて真面目にやれば、再びランクが上がる場合もあります」

「んー……考えてみれば、冒険者なんて荒くれ者ばかりなんだから、そういう人が交ざっていてもおかしくはないのか――っと」

そんなことを呟きながら、ロイは足を止めた。

視線の先にある防壁の手前の部分を眺めつつ、目を細める。

ロイは何のためにここにいるのかを忘れたわけではない。

話をしながら、周囲の調査もしっかりこなしていたのだ。

「ところで、これって要するに、犯人に繋がる何かが見つからないかの調査ですよね？」

「そうですね、一応そういう名目で行っていますけれど……もしかして……？」

「ええ。それっぽいのを見つけました。ただ……どれだけ証拠として使えるかは、何とも言えないところですが」

ロイが見上げる先にあったのは、魔力の残滓であった。おそらくは結界に向けて魔法を放ったのだろう。

結界を形作っているものとは異なる魔力が、ほんの僅かに存在していた。

ただ、巧妙に隠されていた上に、ほぼ消えかけている。見つけることが出来たのは、完全に運だ。

もし来るのがあと五分遅れていれば、気付かず消えてしまっていたに違いない。

そして、そこが問題でもあった。

今から他の誰かを連れてこようとしたところで、痕跡は霧散している可能性が高く、アリーヌはあの魔力を察知出来ていない様子。

つまり、証人はロイだけというわけだ。

しかし彼だけが証言したところで、受け入れられない可能性が高い。

ロイが新人冒険者だというのも影響するが、もう一つ、大きな理由が在存する。

ロイはあの魔力から、ほぼ犯人を絞り込んでいた。

魔力の色は個人によって千差万別である。そのため、魔力の色を見れば、個人を特定することが可能なのだ。

……で、あればこそ、あの魔力の持ち主が犯人だとロイが主張したところで、信じてもらえない可能性の方が高い。

――と、そこまで考えた時のことであった。

「……なるほど。ここまで徹底してるんなら、万が一の時のことも考えるのは当然、か」

「……ロイさん？」

「すみません、少しだけ失礼します」

「え……？」

説明している暇はなく、ロイは問答無用でアリーヌの身体を抱えると、その場から飛び退く。

――その直後であった。

轟音が響き、直前にまでロイ達が立っていた場所が爆炎に呑み込まれた。

「っ……これは……」

「罠、だったみたいですね。上に注意を向けている間に、下から。確かに、理には適っていますが、中々タチが悪い。まあ、それ以上に気になることがありますが」

今の爆発は、確実にタイミングを見計らってのものだった。罠を発動させた本人が直接見ていた可能性は高い。

となれば、このまま見過ごしてもらえるとは考えない方がいいだろう。

当然、アリーヌのことも気にする必要がある。

〝あの人〟を相手に、どこまで食い下がれるかは分からないが――

そう考えるロイの耳に、アリーヌが呟いた小さな声が届く。

「っ……………ごめんなさい、ロイさん」

「うん？　いえいえ。一応、最初からこんなことがあるかもしれないって考えていましたしね」

彼女が謝る理由はない。そもそも、悪いのは誰がどう考えても襲ってきた方だ。

それ以外に悪い人などいるわけがないではないか。

「――いえ、ですから、です。本当にごめんなさい、ロイさん」

「はい？　それは一体――」

どういう意味かと問いかけようとしたまさにその瞬間のことであった。

ロイは、とんっ、と軽い衝撃を身体に感じた。

アリーヌが彼の身体を押したのである。

たったそれだけでしかなく……だから、彼は気付くのが遅れた。

着地する直前に身体を押されたために、ロイはバランスを崩し、反射的にすぐそこにあった防壁へと手を伸ばす。

──ロイが狙いに気付いたのは、その瞬間のことであった。

手を触れた場所に感じた、ほんの僅かな魔力反応。

探知系は苦手とか言っていないで、もう少し何とかすべきだったか──そんな思考とともに。

世界が壊れた。

第五章　彼女達の世界

――ガラスが割れるような音と共に、世界が砕け散った。

より正確に言うならば、世界が塗り潰された、と言うべきなのだろうが、大差はあるまい。

平原と防壁とが影も形もなくなったその場を見渡しながら、アリーヌは溜息を吐き出した。

そこにロイの姿はない。

おそらくは、どこか遠くへと飛ばされたのだろう。

ここは、それが可能な場所なのだから。

「それにしても、一面真っ暗闇、ですか。……あの娘が一体どんなものを抱えているのか、心配になりますね」

彼女の視界に映っているのは、文字通りの闇であった。

前後左右上下、どこを見ても闇しかない。

それでも案外恐怖を覚えないのは……無意識にでも〝あの娘〟のことを信頼しているからなのだろうか。

あるいは、単に開き直っているだけかもしれないが。

と、その時であった。そんなアリーヌの思考を遮るかのように、女性の声が響いたのである。

「――あら、別に抱えているものなんかないわよー？　というか、失礼しちゃうわー。まるで、私がおかしいみたいなことを言ってー」

聞こえた声にアリーヌが驚くことはなかった。

自分が呟いた言葉を声の主が知っていたのにも、同様に。

ここはそういう場だからだ。

〝彼女〟のために作られた、彼女だけのための世界。

ならば、そこで起こった全ての事象を把握しているのも、当然である。

だからアリーヌは、闇の中から浮かび上がるようにして一人の女性が現れても、一切驚かなかった。

「そう言われましても、この光景を目にしたら誰であろうと同じことを言うと思いますよ？」

「そうかしらー？　でも仕方ないじゃないの、これが一番落ち着くのだからー」

「ですから、そういうところが、何かを抱えているようにしか見えないと言っているのですよ――アニエスさん」

おそらくは、ルーメンにいる冒険者の中で最も有名な一人であり、冒険者全体から考えても最上位の一人。Aランク冒険者にして、Aランクの魔導士。

そして、あのグレンのパーティーメンバーでもある女性――アニエスは、自分の名を呼ばれた瞬間、目を細めた。

ただ、そこにあるのはどことなく不満げな色だ。

唇を僅かに尖らせながら、やはり面白くなさそうな声を響かせる。

「……二人きりだっていうのに、随分他人行儀な呼び方ねー。昔はアニエスちゃんって呼んでくれてたのにー」

「……いつの話をしているのですか。それに、昔と今とでは立場が違います。状況も、何もかもが」

「そうだけどー……せっかくの昔馴染みじゃないのー」

「事実ですけれど、それだけです。私が昔と同じようにアニエスさんと接する理由にはなりません。そんなことは、あなたもよく理解しているでしょうに」

「……そうだけどー」

変わらずアニエスに不満げな目を向けられても、アリーヌは取り合わない。

たとえかつてどうだったとしても、自分達はとうにそんな関係ではないのだ。

アリーヌとアニエスは、いわゆる幼馴染（おさななじみ）の間柄である。

同じ村で生まれ育ち……それなりに仲は良かった。

小さな村で、同年代は彼女達二人だけだったのも大きかったのだろう。

貧しくはあったが、平和で、それなりに楽しい日々であった。

しかしそんな日常は、ある日呆気（あっけ）なく壊れてしまう。

アニエスの両親が強盗（ごうとう）に襲われ、殺されたのだ。

犯人はその日村に泊まっていた、冒険者崩れのゴロツキであった。

本当に小さくて貧しい村で、盗むようなものなどどこにもなかったのだが……だからこそ、容易いと狙われたのかもしれない。

何とかアニエスだけは生き残ったものの、貧しい村では誰も余所（よそ）の家の子供を養う余裕などはない。

彼女の面倒を見る者は誰一人としていなかった。

結局アニエスは、成人が近かったこともあって、村を出ることになった。

アリーヌと共に。

別にアリーヌは彼女に同情したわけでもなければ、そこまでの深い友情があったからでもない。

アリーヌの家も例に漏れず困窮し、しかし貧しいながらに子沢山で、このままでは冬を越すのもままならない――そんな状態だった。

だから彼女は、幼い弟や妹を口減らしの対象とするくらいならばと、自分から家を出たのだ。

自らの意志で決めたとはいえ、多少なりとも不安もあった。

そこで、偶然とは言っても同じ時期に村を出ることになった二人が一緒に行動するようになったのは、ある意味当然の成り行きだ。

その後、二人は冒険者をやっていた時期もある。

――というか、Cランクになるまでは一緒のパーティーで行動していた。

だがCランクに上がった時、アリーヌは冒険者ギルドに職員として誘われ、一方のアニエスは魔導士を目指すようになり……あっさりと別れてしまう。

そんな二人が再会したのは数年後、辺境の街でのことだ。

その頃には、アリーヌはすっかり冒険者ギルドの受付職員が板についていたし、アニエスもAランクの魔導士として名を馳せていた。

互いに昔とはまったく異なる立場である。

……しかし、再会した二人が過去の関係を口にすることはなかったし、その素振りすら周囲には見せなかった。

ギルドの職員とAランクの魔導士であり冒険者でもある人物が旧知の間柄などと知られては、余計な憶測を呼ぶ恐れがある。

ランクを不正に上げたのではないか、割の良い依頼ばかり斡旋しているのではないか……などと、やっかむ者は必ずいるものだ。

もともと親友だったわけでもない二人が、今親しくする利点などないに等しい。

結局、二人が私的な会話を交わすようになったのは、割と最近……つまりは、アニエスからアリーヌに今回の『計画』が持ちかけられてからであった。

だからというわけではないのだが……アリーヌは最近、ふと思うことがある。

もしもあの時、別れずに同じパーティーを続けていたら……あるいは、再会してからすぐに会話をしていれば。

今とは別の未来があったのかもしれない。

そんな愚にもつかないことを、アリーヌは夢想していた。

そのせいだろうか——

「それにしても、思ったよりも冷静なのねー。正直、もう少し怖がったりすると思ったのだけどー」

「……そうでしょうか？」

「ええ、普通はそうだと思うわー。だって——あなたはこれから、私に殺されるのだもの」

――アリーヌは自分の未来を決定付ける言葉を、特に動じることなく聞いていた。

「あら、やっぱり驚かないのねー」

「そうですね……その可能性は高いと思っていましたし」

先ほどロイに仕掛けた爆発。

あれはアリーヌが自分で放ったものではないが、起爆のタイミングを図ったのは彼女である。

だが、あのままロイと共に巻き込まれていれば、あるいは彼が助けようとしなければ、アリーヌは確実に死んでいただろう。

巻き添えも覚悟の上だったからこそ、ロイも油断したのだろうが……アリーヌもアリーヌであそこまでのことが起こるとは聞いていなかった。

そもそもの話、始末しようと思っている者がいるとアニエスから協力を要請されたものの、それがロイだとは聞かされていなかった。

それもまたロイを騙すためと言われればそれまでだが、明らかに扱いとしては捨て駒である。

ならば、アニエスの意図を悟るのは難しいことではない。

……そして同時に、アリーヌはそれをよしとしたのだ。それは覚悟と言えば覚悟だけれど、本当のところは、きっとただの自棄で、開き直りであった。

あるいは、逃げ、と言うべきなのかもしれない。

「……やっぱり、変わったわねー。昔の……冒険者をやってた頃のあなたなら、何だかんだ言いながらも、動揺の一つくらいはしてたでしょうしー」

「それは……そう、かもしれませんね。けれどそれは、あの頃の私が何も知らなかったというだけのことです」

当時のアリーヌは、本当に何も理解してはいなかった。

この世界の過酷さも、残酷さも。

分かった気になっていただけで、本当は何一つ分かってはいなかったのだ。

人というものがどれだけ呆気なく死んでしまうのか――その現実を知ったのは、受付担当になった最初の日のことであった。

初めての業務で、彼女は冒険者になったばかりだというFランクの少年達を担当した。

冒険者には珍しいくらい純朴な彼らを、微笑ましく感じたのを覚えている。

故郷から幼馴染達と共に出てきたらしく、自分も昔はこんな感じだったのだろうかと懐かしく思った。成功して故郷の親を驚かせてやるのだと言っていた彼らの話を聞き、彼女は頑張ってくださいと微笑みながら見送り……彼らと再会することは、二度となかった。

戻ってきたのは、彼らが身につけていた防具の一部と壊れた武器だけで、それらを回収した冒険者曰く、顔が原型を留めていないほど食い荒らされていたらしい。

先輩からはよくあることだと言われたが……それが慰めでも何でもなく、ただ事実を述べただけだと理解するのに、一週間も必要とはしなかった。

次の日はCランクのベテラン冒険者が、今日は少し挑戦するのだと言って出ていき、そのまま帰らぬ人に。さらに次の日は明らかに無茶な依頼を受けようとしていた冒険者達がいて、アリーヌの忠告に耳を貸さなかったために、彼らは予想の通りの結果になった。

その翌日は、安全な依頼を受けたはずのパーティーが、イレギュラーな魔物に襲われて一人を残してパーティーが壊滅。その次もその次も……必ず誰かが亡くなった。

そしてそれは、未だに続いている。

一日の例外もなく、毎日見送った誰かが死ぬのだ。

忠告をしようとしまいと、それを聞こうと聞くまいと、どれだけ安全だと思えた依頼であろうとも……冒険者は、人は、呆気ないほど簡単に死んでいく。

そして、それを理解しながらも、笑みを浮かべて冒険者を見送るのが、彼女達の役目であった。

だから、自分が死ぬと、殺されると分かっていようとも、心は微塵も動きはしない。

死とは身近にあるもので、誰にだって平等にやってくる。

ならばこそ、次は自分の番だと言われたところで、何も感じるわけがないのだ。

あるいは、思うところがあるとすれば、ようやくか……と、そのくらいでしかない。

それが普通ではないということは、さすがにアリーヌも理解している。

おそらく自分は壊れているのだろうと、自覚はあった。

ただ、それでも。

きっと自覚なく壊れているよりは、恵まれているに違いない。

「……そう言うアニエスさんは、あの頃から変わっていないようですね」

「うふふ、そうねー。私はあの頃の時点で、大体のことが分かっていたもの。今更変わらないわー」

その言葉は、きっと事実であった。

何よりも〝この場所〟が、それを示しているからだ。

──魔女の世界。

優れた魔導士を〝魔人〟あるいは〝魔女〟と呼称することに由来した名で、男性魔導士の場合は魔人の世界と呼ぶ。

それがここである。魔導士にのみ作ることが許され、彼女達が認めた者しか入れない、文字通りの意味で彼女達のための世界。

この中では彼女達がルールであり、法則であり、絶対だ。

しかし、これは魔導士にとって秘奥(ひおう)ではあるが、同時に基本でもある。

魔導士とはすなわち、この世界を作り出すことの出来る者を指すからだ。

そのため、魔導士にはCランクより下の者は存在しない。魔導士見習いなどもなく、魔導士未満の者は全て〝魔法を使える者〟でしかないのである。

では、何故魔導士にこの世界が必須かと言えば、そもそも魔導士とは、本質的には魔法を研究する者だからだ。

魔法の研究には多大な魔力を消費し、なおかつ危険も多い。そこで、この世界が必要となる。ここなら術者の魔力で満ちているために普段よりも多くの魔力を使えるし、いざという時には危険を回避することが可能だ。

自分の身を守り、魔法の研究をするには、まずこの世界を作り出せることが前提になる。

そんな魔女の世界は、彼女達のために作られた世界であるため、ある意味で彼女達自身の好みや性格が無意識に反映される。

人によっては普通の研究室のようであったり、あるいは迷宮のようになっていたりもするらしい。

つまり……この闇一色の世界が、アニエス自身ということだ。

どう考えても〝普通〟ではない。

ただ、それでも……アリーヌに驚きはなかった。

彼女がこの世界に来たのは初めてだが……多分、知っていたからだ。

アニエスがとうの昔に、壊れてしまっていることを。

アニエスは昔からよく笑う娘で、どちらかと言えば活発な方であった。

それが変わったのは両親が死んでから。

笑みを浮かべているのは変わらないのだが、目の奥底は決して笑ってはいない。おそらく誰もそれに気付きはしなかったが……付き合いが長かったアリーヌには分かってしまったのである。

だからといって、何が出来るわけでもない。その時のアリーヌは、田舎村の普通の少女だったのだ。

むしろ下手に何かをしようとすれば、逆に悪化してしまう可能性すらある。

……きっと時間が解決してくれるはずだと考え、一緒に村を出た後も、アリーヌは何もしなかった。

別れるその時も。

月日が流れてもまったく癒える様子がないその姿に、もうアニエスは元に戻らないと気付いていたのに。

だからだったのかもしれない。

あの日、尋ねてきたアニエスに話を持ちかけられ……依頼を受けて、契約を交わすことにしたのは。

少なくとも、あの時の罪滅ぼしを兼ねて、という気持ちがまったくなかったとは言い切れない。

もちろん、贖罪が唯一の理由というわけではない。さすがにそれだけでは……辺境の街を崩壊させる、なんて話に頷けるわけがなかった。

「そういえば、ふと思ったのですけれど……私が死んでしまった後のことは大丈夫なのですか？」

それは本当にただの疑問であったのだが、アニエスはどうにもそうは捉えなかったらしい。その口元を面白そうに歪めた。

「あら、もしかしたら、命乞いのつもりかしらー」

「いえ、純粋な疑問です。私がいなくなってしまったら、さすがに今までのようにはいかないでしょうから。たとえば、強力な魔物を引き入れるのは無理でしょう」

「ああ……確かに、それはそうねー。ギルドの協力者はあなた以外にもいるけれど、あなたほど信頼を得ている人はいないでしょうしー。……ああ、ヴィーヴルと言えば、あなたあの時は随分と焦っていたわねー。正直、笑わないようにするのに苦労したわー」

「……あれは仕方ないではないですか。まさかヴィーヴルだなんて思いもしなかったのですから」

「まあそれはそうでしょうけどねー。でもだからこそ、自然な反応が出来て、怪しまれなかったのでしょうー？」

「それはそうですけれど……」

率直に言って、アリーヌは演技に自信などない。自分が街へと引き入れたものがヴィーヴルだと知っていたら、確実にボロを出していただろう。

それを考えれば、確かにアニエスの取った行動は最善であったと言えるのだが……釈然としないものを感じるも仕方があるまい。

「まあ、それはそれとしてー、問題あるかないかで言えば、問題ないわよー。もう、あなたは必要ないものー」

「……そうですか」

どういう意味での必要ないなのかは少し気になったものの、アニエスが言いたいことだけは理解出来た。

つまり、仕上げの時が近いのだ。

「うふふ、他に何か聞きたい事があったら聞いてもいいわよー？　今の私はそれなりに機嫌がいいしー、何よりも、あなたはしっかり役目を果たしてくれたのだから、それに報いる必要があるものねー」

「別にそんな必要はないのですけれど……。ああ、けれど聞けるというのでしたら、一つだけ。ロイさんは今、どうなっているのですか？」

「うふふー……気になるのかしらー？　間接的にとはいえ、あなたが死に追いやったようなものなのにー」

「むしろ、だからこそ、でしょうか。これでも私は今まで冒険者の皆さんを生かすために最善を尽くしたつもりです。殺すための行動をしたことはありませんでした。ですから。私にはその結末を知る義務があるのではないかと思います」

「……真面目ねぇ。ま、いいけどー。……というか、実は私にも分からないのよねー」

「……はい？」

それはどういう意味かと、視線を向ける。

ここは彼女の世界だ。この世界の中に、彼女が分からないものなど存在しているわけがない。

あるとすれば、それはこの場所ですら彼女を超える力を持っている者ということで――

「だって、どうなったかなんて確認していないものー」

予想とは違った言葉が来て、アリーヌは思わず目を細めた。

だがアニエスはまったく気にする様子がなく、ただ笑みを浮かべている。

「せっかくあなたと二人きりなのよー？　しかも、最期のー。なら、せめてあなただけに意識を向けておくのが、私の義務というものでしょうー？」

「……本気で言っているのですか？」

「嫌ねえ……本気に決まっているでしょうー？　というか、わざわざ確認するまでもないものー。ここは私の世界よー？　圧倒的な魔力で圧殺しておいたから、それでおしまいよ。いくら〝彼〟でも、どうしようもないわー。それとも、私のことを疑うのかしらー？　……今更になって」

「――っ。……いえ、そうではありません」

この世界は必ずしも戦うための場ではないが、戦えないわけではない。むしろ魔女達は本領を発揮することが出来るとすら言えた。

世界そのものを自在に操れ、普段の数倍から数十倍……下手をすれば数百倍の魔力を扱える。そんな場所において、彼女達はまさにその世界の神に等しい力を有するのだ。

無論、どれほどの力を発揮出来るかは、元の力量に依存するが、魔導士が自分の領域に籠って戦う場合、ランク二つ分の差ならば覆してしまうと言われている。

そして、アニエスのランクはＡ。つまり彼女は、Ｓランクをも圧倒出来るということになる。

疑う理由など、あるはずがなかった。

「でしたら、問題はありません。彼だけが懸念でしたし。まあ、彼のおかげでここまで来られたとも言えるのですけれど」

「そうねー。本当はグレンにヴィーヴルをやらせるつもりだったんだけど、不安はあったものねー。冒険者達が意図通りに動いてくれるかなんて、完全に運任せだったしー。運がよかった、ってことになるのかしらねー」

「……そうですね」

あるいは、運が悪かったのかもしれないが。

何にせよ、ここまで来られた。来てしまった。

であるならば、あとは仕上げを果たすだけだ。

この街の最期を自分で目にすることが、出来なくとも。

だがアリーヌはそれでも構わなかった。

そもそもの話……最初から、何か理由があってあの街を壊したかったわけではないのだから。

そう、彼女は何かやりたいことがあってアニエスに手を貸したわけではなかった。

ギルドの受付としての仕事に複雑な思いはあっても、さすがに街を壊すほどのことではない。

それとこれとは別問題だ。

では何故そんなことをと問われれば、何となくとしか答えようがない。

本当に、それだけでしかなかったのだ。

きっと、アリーヌもどこか壊れてしまっているのだろう。

「さて、それでー、他に何か質問はないのかしらー？」

「そうですね……他には特に……ああ、私が死んだ後のことは、お願いしますね？」

「分かってるわよー。何かあった時は、依頼料を含めたあなたの全財産を、故郷の家族に、でしょー？　それが私に協力する条件だったものねー」

「はい。あとは……私が関与していたという証拠が見つからないかだけが少し心配ですね。直接的に関わったことはありませんから、大丈夫だとは思いますけれど……」

「それこそ無用の心配でしょー。何か残っていたところで、どうせあの街と一緒に消えてなくなるんだからー」

「……確かに、それもそうですか」

そんな当然の帰結（きけつ）に思い至らないあたり、何だかんだ言ってアリーヌにはまだ実感がないのかもしれない。

あの街が壊れるということも……これから自分がアニエスに殺されるということも。

だが、現実は変わらない。

それに、実感がなくても、異論があるというわけではないのだ。

役目を終えた以上、色々と事情を知っている冒険者ギルドの職員を生かしておくなどリスクでしかない。殺そうとするのは道理である。

にっこりと笑みを浮かべたアニエスを見て、アリーヌは自然と、自分はこれから死ぬのだなと思った。

「さて……それじゃ、そろそろいいかしらー？　あなたとの時間は惜しいけど、まだまだこれからやらなくちゃならないことがあるのよねー」

「ええ、そうですね」

アリーヌはそう言って頷いてから、一言呟く。

「……ごめんなさい」

「……？　それは一体何に対しての謝罪なのかしらー？」

「……さあ、何に対してでしょうね」

それは誤魔化したわけではなく、単純に自分でも分からなかったからであった。

ただ……何となく、謝らなければならないと思ったのだ。

先ほどロイにも、そうしたように。

もっとも、ロイの時は身勝手な罪悪感から出た言葉だという自覚はあったので、今の曖昧な謝罪と一緒にすべきではないのだろうけれど。

「……まあ、いいわー。ああ、そうそう、苦しませるつもりはないから、そこは心配しなくてもいいわよー。一瞬で、苦痛を感じる前に殺してあげるから」

「はい、お願いしますね。出来れば、苦しみたくはありませんから」

「ええ、任せなさい｜。それじゃあ……名残惜しいけど、さようなら」

アニエスの言葉を聞き、アリーヌはなるほどと納得した。

アニエスが〝さようなら〟と言った直後、一瞬で死ねると確信を持てるほどの魔力が、その場に溢れたからだ。

だから、アリーヌは……ゆっくりと目を閉じた。

そして――

「――それはちょっと、困るかな」

聞き覚えのある声が耳に届いた直後、先ほども聞いたガラスが割れるような音が響いた。

反射的に目を開いたアリーヌの視界に映ったのは、見覚えのある少年の姿。

「短い間ではあるけど、色々と世話になった人でもあるからね。さすがに殺させるわけにはいかないかな」

その光景に、思わず彼女は目を瞬かせた。

見覚えのある少年が――ロイがそこにいるということもあるが、周囲の様子が一変していたからだ。

先ほどまでは闇一色だったというのに、今目の前にあるのは、その正反対であった。

一面、真っ白な世界が広がっていたのだ。

アリーヌはそれに驚きを禁じ得なかった。

真っ黒だろうが真っ白だろうが、ここが未だ現実ではないのは明らかである。

つまり、まだアニエスの作り出した世界にいるということで、そこに目が眩むほど真っ白な場所が存在しているのだ。

ここはある意味でアニエスそのものと言える場所である。

ならば、この一面真っ白な光景もまた、アニエスの一部ということになり——

「あら……まだ無事だったのねー。さすが、と言うべきかしらー？」

聞こえた声に、アリーヌはハッと我に返った。

余計なことを考えている場合ではない。

先ほど、ロイはまるでアリーヌを助けるかのような言葉を放ったものの、既に彼女とロイは敵同士の関係なのである。

彼がどこまで現状を把握しているのかは分からないが……さすがにそこを見誤るとは思えなかった。

アニエスも言っていたように、ロイをここに引きずり込んだのは、実質的にはアリーヌだ。

そもそも魔女の世界は、基本的には動かすことが出来ない。

さすがにこれほどのものをどこでも自在に出し入れするのは不可能であり、本来は拠点兼工房として使われる。

そのため、魔導士がこの場に誰かを引きずり込むには、どうにかして相手を誘き寄せる必要がある。

たとえば、防壁の一画に隠蔽した転移の罠を仕掛け、そこに触れさせるなどして。

実際に転移させたのはアニエスの力ではあるが、アリーヌがいなければ、ロイはそれに触れることはなかっただろう。その点を考えれば、アリーヌは主犯と言えた。

彼女には、ロイから敵意を向けられる理由が十分にあるのだ。

今更死にたくないなどと言うつもりはないが……アニエスの足を引っ張るわけにはいかない。

どうするのが最善かを考えながら、二人の様子を窺う。

「とはいえ……どうやって生き延びたのかしらー？　この中では、私が認めた者以外は全て魔力で圧殺されるはずよー？　私がそう決めたんだもの。いくらあなたでも耐えられないでしょうし……いえ、考えてみれば、今この瞬間も変わらないはずよねー。……どういうことなのかしらー？」

のんびりと、どこか間延びした口調とは裏腹に、アニエスがロイに向ける目は鋭い。

それだけ本気で警戒しているのかもしれない。

アニエスがロイを始末しようと決めたのは、これ以上生かしておいては邪魔になると判断したからだ。

アリーヌとしても、そこに異論はない。

ロイが今までやってきたことを考えれば、これ以上放っておくのは危険すぎる。

そしてロイに手を出す以上、アニエスは必殺の手を考えたはずである。失敗した場合にどうなるかを考えれば当然だ。

実際、ここに引きずり込めた時点でそれは叶ったと思われた。

だが当のロイは、見るからに無傷だ。そればかりか、彼はこの世界の一部を砕いたのである。

それがどれほどのことか、最もよく分かっているのはアニエスだろう。

状況も合わせて考えれば、たとえここが魔女の世界の中であろうと、最大限の警戒を向けるのは当然と言える。

だがそんなアニエスを前にしているにもかかわらず、ロイはいつも通りにしか見えない態度で首を傾げた。

「どういうことって言われても……ここが魔女の世界だっていうのは、飛ばされた瞬間に気付いたしね。僕は以前にも魔女の世界に入った経験があるんだけど、その時、ついでに対処の仕方も教えてもらってさ。だから、それを実行に移した……ってだけなんだけど？」

「……対処の仕方？　そんなものがあるなんて、私ですら聞いたことがないわよー？　そもそも、ここは私の魔力で満ちているのよー？　対抗する方法なんて、それこそ、それ以上の魔力でも使わない限り無理なはずだけどー？」

「いや、別にそんなに難しくはないよ？　単一の魔力で満ちているってことは、逆に言えばそれと同じ魔力は紛れて判別が付かなくなっちゃうわけだからね。ならば、自分の魔力をそれに近づければいいってだけでしょ？」

簡単でしょ？　とでも言いたげなロイの姿を見て、アリーヌは思わず口元を引きつらせた。

簡単なわけがあるまい。

いや、それどころか、本当に可能なのかすら怪しい話であった。

魔力というものは十人十色で、確かによく似た魔力を持つ者もいるが、基本的には全員が異なっているものだ。そしてそれは、自分の意思で自在に変化させられるわけではない。

少なくともアリーヌは、そんな真似が出来るという話は聞いたことがなかった。

しかしこの場で嘘を吐く意味などないし、何よりも、ロイが無傷である説明にはなる。

いくらロイが規格外だとしても、世界そのものが敵になったような状況でなんの影響も受けないというのは考えにくい。

ならば、彼の説明が本当なのだと考えた方が、まだ納得出来た。もっとも、それは魔法を使えないアリーヌに限った話で、魔導士であるアニエスにとっては受け入れがたいことだったようだ。

なんとか平静を装おうとしているものの、アニエスの口元は完全に引きつっていた。

「へ、へえー……で、でも、そうよねー。正面からやりあったら、いくらあなただって勝ち目なんかあるわけないものねー。そうやって逃げるしか、なかったのよねー」

どう見ても負け惜しみであったが、意外にもロイは素直に頷いた。

「まあ確かに、正面からやりあうのを避けるためだったってのも、事実ではあるけどね。色々と効率悪そうだったし。ただ……理由としてはむしろ逆かな？　この程度の魔力しか満ちてなかったからこそ、そうしたんだから。以前見た時みたいに……シルヴィのアレほどの魔力だったら、さすがにこう上手くはいかなかっただろうしね。まあむしろ、あの人なら、こんなのを使うまでもなかっただろうけど」

「……は？」

瞬間、世界からひび割れるような音が聞こえた。

アニエスから漏れ出した殺気に、アリーヌは思わず息を呑む。

ロイが口にした言葉は、アニエスにとっての地雷だったからだ。

「へえ……随分と興味深いことを言ってくれるのねー。この世界を前にして、まだ〝あの女〟の方が上だって言うのかしらー？」

〝魔女の世界〟を使った状態のAランクの魔導士が、それを用いてないSランクの魔導士に劣ると言われては、黙っていられるわけがあるまい。

特にアニエスは。

彼女はシルヴィに勝つためだけに、一つの街を滅ぼすことを決めたのだから。

「少なくとも、僕はそう感じてるからね。まあ、探知系があまり得意じゃない僕の言葉は信用出来ないって言われたら、それまでだけど」

彼に最も足りないのは探知系の能力ではなく常識だろうと思ったものの、アリーヌは口を挟まなかった。

二重の意味で、そんな状況ではなかったからだ。

「そう……なら、その言葉、取り消させてあげるわー。本当は使うつもりはなかったんだけど……そこまで言われたら、仕方ないわよねー」

「……っ」

直後、アリーヌは思わず目を見張った。

彼女でも理解出来るほどに、その場の魔力の濃度が上がったからである。

とはいえ、それは本来ありえないことだ。

ここには既に、十分すぎるほどの魔力が満たされている。

その濃度をアリーヌでも感じ取れるほどにまで上げようと思ったら、おそらくはアニエスの持つ魔力の全てを注ぎ込んでも足りないだろう。

しかしアリーヌが驚いたのは、何よりもその理由に心当たりがあったからだ。

ロイも〝それ〟に気付いたらしく、目を細めながらアニエスを見据える。

「覚えのあるこの魔力……なるほど、ヴィーヴル、か。まあ、考えてみたら当然のことではあるけど」

そう、ヴィーヴルの瞳から失われた……否、奪い取られた魔力だ。

今回の計画に使うためにあれを奪ったのはアニエスだった。おそらく彼女は、主目的に用いる分とは別にその中の〝ほんの少し〟を自分の手元に残しておいたのだろう。

そしてそれを今、取り込んだのだ。

ヴィーヴルの魔力は無色透明である。魔導士ならばそれを取り込んで自らの魔力を底上げすることも可能である。

……ただ、全体からすればほんの少量といっても、この世界の魔力の濃度が上がるほどに、ヴィーヴルの魔力は膨大だ。

そんなものを取り込むなど、ある意味、自殺同然の行いである。普通なら人に耐えられるはずがない。

だが、アニエスはそんな素振りを欠片(かけら)も見せず、平然としていた。

そして、同じく平然としているロイの様子に首を傾げる。

「あら、驚かないのねー。どうして私がヴィーヴルの魔力を、って思わないのかしらー？」

「あれがそっちの仕業だったって話は、さっき聞いていたしね」

「……聞いてた？　どういうことかしらー？」

「魔力を限りなく近づけていたせいか、紛れるだけじゃなくて、この世界をよく把握出来るようにもなってね。盗み聞きするのは悪いと思ったけど、興味深い話をしてたから、聞かせてもらったのさ」

それはつまり、アニエスとほぼ同等の権限を手に入れた、ということではないか。だがアリーヌは驚くよりも先に呆れた。

本当にでたらめだと思ったし、彼ならば不思議ではないとも感じたからだ。

しかし同時に、分からないこともある。

直後、アニエスが口にしたのは、アリーヌが抱いたのと同じ疑問であった。

「……もう驚きすらなくなってきたけど、でも、話を聞いていたっていうのなら、どうしてその娘を助けたのかしらー？」

アニエスと共犯のアリーヌを助ける必要がないと分かっているだろうに。

だが。

「いや、聞いてたって言っても、話していた内容以外は分かってないわけだからね。どうにも色々企んでいて、やらかしていたみたいだけど、事情はまったく知らないし」

そう言って肩をすくめたロイは、淡々と続ける。

「とはいえ、さすがに色々と世話になってる人を見殺しにするのは、ね。それに……正直、僕には、友達を助けようとしただけにしか思えなかったから。ならまあ、多少は情状酌量の余地はあるかな、と。手段は選ぶべきだとは思うけど、友達は大事にしなくちゃね」

その言葉を聞いた瞬間、アニエスの胸に湧き上がってきたのは納得であった。

ロイの取った行動の理由……ではない。自分がどうしてアニエスを手伝おうと決めたのか、その理由だ。

そう……それはきっと、ロイの言う通りであった。

彼女は多分、友達に頼まれて助けようとしただけだったのだ。

今度こそは、と。

たったそれだけのことのために、随分回りくどいやり方をしたものだが……今更気付いてももう遅い。

あるいは、もっと早くにその事実に気が付いていたら、何か違っていたかもしれないけれど……それもまた、今更である。

〝友達のため〟という言葉を聞いても眉一つ動かさないアニエスの姿を眺めながら、アリーヌは息を一つ吐き出した。

そんな彼女の気も知らず、アニエスはロイとの会話を続ける。

「何やらくだらない勘違いをしているみたいだけど……ま、どうでもいいわー。それよりも——……何か今の私に言うことがあるんじゃないかしら——？　言葉次第では、あなたの扱いも変わるかもしれないわよ——？」

そう言って笑みを浮かべるアニエスは、嗜虐的であり、また自信に溢れてもいた。

その理由はアリーヌにも分かった。

実戦から離れて長いとはいえ、彼女も元Cランクの冒険者であり、何よりギルドの職員として様々な冒険者を見てきている。

相手がどのランクに相当するかは、ある程度肌で感じ取ることが可能だ。

……そこから判断すれば、今のアニエスはほぼSランク相当である。その上、ここは彼女が最大の力を発揮出来る場所だ。

いくらロイが相手とはいえ、臆する理由は何一つなかった。

しかし。

「うん？　言うことって言われても……。少しだけ魔力が増えたみたいだけど、それだけだよね？」

「——っ」

首を傾げながらロイが告げたのは、まるで見当違いの言葉であった。

「……あ、いや、もしかしてそれって結構、凄いことだったりするの？　僕、全然知らなかったから、反応出来なくて申し訳ないんだけど……」

それはまるで煽っているかのようであったが……そうでないのは、ロイの顔を見れば一目で分かる。

おそらく、本心から出た言葉であった。

アニエスの顔が固まり、口元が引きつる。

「……それはもしかして、強がりかしらー？　今の私の魔力は、Ｓランクの魔導士と同等以上なんだけどー？」

「んー、そうなの？　確かに魔力は増えたけど、結局のところ、少しでしかないし……ああ、いや、でもそっか。僕が知ってるＳランクの魔導士ってシルヴィしかいないから、そのせいかな？　彼女は世界最強なわけだし……他のＳランクの魔導士と比べても同等以上ってことになるのかな？」

どちらかと言えば、強がっていたのはアニエスの方であったが、さすがにそこで限界を迎えたらしい。

特に、因縁深いシルヴィの名が出てきたのが致命的だ。

彼女の顔に笑みが戻り……だがその目だけは、血走っていた。

「ふふ……うふふー……そう、私が未だにあの人に……いえ、あの女に劣ると、あなたはそう言うのねー？」

「だって、どう見ても事実だしね」

「……そう。なら――その身で味わってみるがいいわ。そして死の淵で思いなさい。私はとうに、あの女を上回っていた、と」

声を荒らげるような真似こそしなかったものの、明らかにアニエスは激昂していた。

その感情に呼応して、世界が軋んでいく。

この場に満ちている魔力は、既に可視化されるほどの濃度であった。

それだけ濃く魔力が圧縮されている魔力を用いて放たれる魔法がどれほどの威力となるのかは、想像も付かない。

彼女の世界すらも耐えられずに崩壊する可能性もある。

むしろ、アニエスはそれをもって証明したいのかもしれない。

驕りでもなんでもなく、自分はついに彼女を上回ったのだ、ということを。

その証明相手として、ロイほど相応しい人物はいなかった。

……もしかしたら、元々ロイをここに引きずり込んだのは、それも目的の一つだったのかもしれない。

黙って事態の推移を見守りながら、アリーヌはそう思った。

彼を殺すことが出来たのならば、それはそれである種の偉業だ。

Sランクを得る資格は、十分にある。

たとえ、実際に与えられることはなくとも。

しかしそんな中で、呑気とすら思える声が響いた。

「んー……さすがにこれなら、正当防衛が成り立つかな？　攫われたから反撃したけど、逆にやりすぎで罪に問われたら嫌だし」

アリーヌは一瞬何を……と思ったが、直後に溜息を漏らした。

姿を見せたというのに、今まで攻撃する素振りすらも見せなかったのは、まさかそんなことを考えていたからだとは。

つまりは、彼にとってはこの状況すらも〝その程度〟でしかなかったらしい。

そして……彼はきっと、いつもこんな調子だったのだろう。

「ま、多分大丈夫、かな。駄目だったら……その時はその時ってことで」

そうロイが呟いたのと、アニエスが魔法を放ったのは……おそらく同時であった。

気が付けば、アリーヌの視界は再び黒に染まっていた。

世界そのものがアニエス自身と言えるこの場所で、アニエスが魔法を放つのには、詠唱も予備動作も必要としない。

だから、魔法を放ったのだろうと思い――

「それじゃ、っと」

そんな呑気な呟きが聞こえた直後。

一筋の閃光が走り、一際大きな何かが砕け散るような音が響いた。

一面の黒が消し飛び、アリーヌの視線の先に広がっていたのは、草原と防壁。

見覚えのあるその光景を呆然と眺め、彼女は悟った。

ああ、終わってしまったのだ、と。

そしてその思考を肯定(こうてい)するかのごとく、アニエスの姿がぐらりと傾き、地面へと倒れていく。

呆気ないほどの幕切れで……完敗であった。

アリーヌが溜息を吐き出しながらロイの姿を窺えば、やはり何でもなさそうな顔をしている。

その姿に、もう一度溜息を吐き出す。

分かっていたつもりであったが……結局は、〝つもり〟でしかなかったということなのだろう。

彼は本当に、どうしようもないほど、規格外ででたらめな存在であった。

とはいえ……アニエスは敗れたものの、アリーヌはまだ健在である。

勝ち目は絶無(ぜつむ)で、完敗したことは認めざるを得ないが、このまま何もしないわけにはいくまい。

彼女は、アニエスに協力すると誓(ちか)ったのだ。

ならば、自分も最後まで抵抗するのが道理というものである。

そんな決意と共に、アリーヌは拳を握り締め――

その時のことだ。地面へと倒れ込むアニエスの姿が視界の端に映り……そのアニエスの口元が、僅かに持ち上がったのが見えた。

まるで、笑みを浮かべるように。

その直後――

アリーヌの意識は闇に塗り潰されたのであった。

その瞬間に何があったのかを、ロイは即座には理解出来なかった。

彼は何もしていないというのに、突然アリーヌが倒れ込んだからだ。

ロイは咄嗟に彼女の身体を受け止めたものの、完全に気を失っているらしく、まったく力が入っていなかった。

どういうことか首を捻るが、その疑問は長くは続かなかった。

すぐにアリーヌが身じろぎしたかと思えば、瞼がゆっくりと持ち上がりはじめたからだ。

しかし……

「っ……あなたは……ロイさん、ですか？　どうして……いえ、私は、何を……？」

「……？　どういうつもり……いえ」

明らかに困惑した顔を見せるアリーヌに、ロイも面食らう。

まさか今さらしらばっくれるつもりなのだろうかと思ったが、それにしては少し妙であった。

アリーヌの姿はとても演技には見えず、本気で困惑しているようにしか見えなかったからだ。

「……もしかして、今まで何をしていたか、覚えてないんですか？」

「え？　そう、ですね……私は確か、結界や周囲に異常がないかを調べるために……？」

「そこまでは覚えて……いや」

おそらく、昨夜結界に異常があったのは本当のことなのだろうが、周囲を調べるというのは、多分ロイを罠にはめるための嘘であったはずだ。

記憶がないと誤魔化すつもりがあるのならば、わざわざそこまで口に出す必要はない。

そこでふと、ある考えが頭をよぎり、ロイはさり気なくアリーヌの身体を探ってみる。

すると、僅かに魔力反応があった。

それは、彼が罠にはめられた時と……何よりも、先ほどまでいた場所で感じていたものと、同じ色の魔力であった。

「……一つ確認したいんですが、彼女のことは、分かりますか？」

ロイはそう言いながら、すぐ近くで倒れている女性を目線で示す。

「彼女……？　……まさか、アニエスさん、ですか？　どうして彼女が倒れて……一体、何が……？」

倒れている女性の姿を見たアリーヌは、やはり戸惑いと困惑をその顔に浮かべた。

それを見て、ロイは自分の予想が正しいと確信し、溜息を吐き出す。

「……とりあえず、僕が分かっていることを話します。その上で、意見を聞きたいんですが……」

そうしてロイは、あの場所で聞いた話を中心に、アリーヌに語って聞かせた。

しかし彼女は、先ほどの場所はもちろん、ロイが聞かせた話のことにもまるで心当たりはないらしい。

それどころか、アニエスと協力していた覚えすらないという。

無論、ロイが知りえた事実とは異なるので、アリーヌは嘘を吐いているということになるが……どう見ても彼女の困惑は本物であった。

単純に彼女の演技力が物凄く、ロイが騙されている可能性もなくはないが――

ロイの話を聞き、しばらく考え込んでいたアリーヌが、ぽつりと呟いた。

「……なるほど。ということは……おそらく〝ギアス〟でしょう」

彼女が自分と同じ結論に至ったと分かり、ロイは溜息を吐き出す。

「やはり、ですか……」

ギアス。

それは特別な魔導具を用いることで可能となる、契約の一種だ。

その内容は絶対で、契約相手の行動を縛ってしまう。

特定の事柄に関して絶対に喋れなくさせたり、特定の条件を満たした相手の記憶を消したりも出来る。

ロイは、アリーヌの身体からアニエスの魔力を僅かに感じたことから、ギアスによって記憶が消されたのではないかと推測したのだ。

「まあ、確実に情報漏洩を防ごうと思えば、有効な手段でしょう。ギアスを用いるには魔導士が必要ですけれど、アニエスさんでしたら何の問題もありませんし」

「ですね。……ところで、あっさり僕の言うことを信じてくれるんですね？　僕が嘘を吐いてるとは思わないんですか？」

「まったく思わなかったわけではありませんけれど……納得してしまいましたから。確かに私は、アニエスさんに協力を持ちかけられたら、そのように行動すると思います」

「そうですか……認めなかったら、罪に問われなかった可能性もありますが、それに関しては？　いえ、正直、罪になるかは今も微妙な気がしますが……」

「それはありえません。記憶がなくとも、私が犯した罪ならば、私が償うべきでしょう。

そこから逃れるつもりはありません」

「……そうですか」

逃げようと思えばいくらでも逃げられるだろうに……

しかし、そんな人物だと思ったからこそ、ロイは彼女が嘘を吐いている可能性よりもギアスである可能性が高いと思ったのではあるが。

記憶があろうがなかろうが、おそらく彼女は自分の罪から逃げようとはしないだろうと思ったのだ。

アリーヌから情報を得られなくなったのは痛いが、この一件に関わった人物はもう一人いるのである。

ならば、問題はあるまい。

この様子では、アニエスからも情報を得られるか怪しいが……そこを何とかするのは冒険者ギルドの役日である。

新人冒険者であるロイが、ここまでやったのだから十分だろう。

記憶を失ったとはいえ、罪を償うつもりがあるらしいアリーヌのことを考えると、そっちの意味でも大変そうではあるが……そこも含めて、ロイには頑張れとしか言いようがない。

と、そこでふと、ロイはあることに思い至った。

アリーヌは、自ら罪を償うつもりがあるからこそ、裁きにかけられるが……彼女にそのつもりがなければ、おそらくは難しかっただろう。

あの世界での二人の会話によれば、証拠はほとんど残していないようでもあるし、証言出来るのは、Ｆランク冒険者のロイ一人だけだ。

アニエスも自白すれば話は別だが、そうでない場合、アリーヌは無罪放免となっていた可能性が高い。

つまり、本当にギアスでアリーヌの記憶を消したのは、情報漏洩を防ぐためだったのか、ということだ。

もしかしたら……アリーヌが友達を助けようとしたように、アニエスも……と、そこまで考え、ロイは首を横に振った。

所詮は二人のことをよく知りもしない彼が、勝手に想像を巡らせただけである。

余計な推測を口にして、惑（まど）わす必要はあるまい。

ロイは何も言わず、地面に倒れ伏すアニエスへと視線を向ける。

気絶（きぜつ）して物言わぬその姿と、どこか清々（すがすが）しいアリーヌの表情を見比べながら、ロイは色々な意味を込めて息を一つ吐き出すのであった。

眼前の光景を眺めながら、ロイは思わず小さな溜息を吐き出した。

自分よりはるかに年上の初老の男性が、目の前でつむじがはっきり見えるほどに頭を下げているのだ。

つい溜息が漏れてしまったところで、仕方があるまい。

「あの……別にそこまでしてもらわなくても……」

「いや、これは完全にこちらの不手際だ。同じ冒険者同士のことならまだしも……まさか、などと言って許されることではないが、まさかギルドの職員までもが関わっていたとは。本当に、申し訳なかった」

そう言ってさらに頭を下げた男性に、ロイの困惑は増すばかりである。

言っていることはもっともだし、男性の立場からすればそうする必要があるのだろうと分かるが……ロイにとっては居心地が悪いだけなので、早くやめてほしいというのが本音だ。

冒険者ギルドの支部長などという偉い人に頭を下げられて平気でいられるほど、ロイの神経は図太く出来てはいない。

そう、この男性はルーメンの冒険者ギルドの支部長……言ってしまえば、この街の最高権力者と呼んでもいい人物なのであった。

どうしてそんな人物が新人冒険者にすぎないロイに頭を下げているかと言えば、つい先ほど、アリーヌとアニエスの身柄をギルドに引き渡したからだ。

その際に事情も説明した結果、個室に案内され、こうして謝罪が始まった、というわけである。

支部長の立場からすると、部下の不祥事に頭を下げるのは当然のこととはいえ……本当にいたたまれない気分にしかならない。

そもそも、謀られたり襲われたりしたのは事実ではある。しかし、ロイはそれによって何か被害を受けたわけではない。

こう言っては彼女達に悪いが、ロイにしてしまえば子供に悪戯を仕掛けられたようなものなのだ。

無論、彼女達は子供ではないし、これからしっかりと罰を受けることになる。

それでもう十分ではないかと、ロイは思っていたが……支部長は〝これも長としての役目〟などと言って聞く耳を持たない。

ならば、甘んじて受け入れるしかあるまい。

「君には本当に色々と迷惑をかけてしまい、申し訳なく思っている。そのお詫び、というわけではないのだが……何か困っていることなどはないだろうか？　もし儂達で手助けになれるなら、遠慮なく言ってほしい。全力で君の助けとなると誓おう」

「いえいえ、そんな大袈裟な……というか、困っていると言われましても……」

あえて言うならば、今この状態を何とかしたいが、さすがにそれを口に出すのは憚（はばか）られる。

ロイにもそのくらいの分別はあるのだ。

そもそも、〝色々と迷惑〟などと言われても、ロイのは今回の一件以外で迷惑をかけられ記憶はなかった。

単に支部長が今回のことをそこまで重く見ているだけなのかもしれないが、冒険者になって日の浅いロイにはいまいちピンとは来ない。

とはいえ、確かに受付職員は、冒険者にとって最も多く接するギルドの職員だ。

その相手が裏切るということは、信頼関係に傷を付けるも同然である。本来あってはいけない事態であった。

言ってしまえば支部長は、冒険者に借りを作ってしまったようなものだ。

それも、相手は冒険者になったばかりの新人。

その意味は時間が経つごとに重くなっていくだろう。

だからこそ、支部長もさっきから異様なほどに腰が低いのかもしれない。

よく見てみれば顔色が青ざめてすらいる。

正直、気の毒になってくるほどだ。

これは何でもいいから要求を言ってしまった方がいいのかもしれない……ロイはそう考えて……

「あ、そうだ。困っているのとは少し違うのですが……一つ、知りたいことがあるんですが」

「ふむ？　知りたいこと、か……。そう、だな……重要機密に属するものはさすがに教えられないが、そうでないのならば……」

「ああいえ、別にそこまで大した話ではないと思いますし、教えられないんでしたらそれで構いません」

ロイの脳裏をよぎったのは、アリーヌから教えられた情報の一つであった。

話を聞いた時は特に何とも思わなかったのだが、思い返してみると、若干不自然だったように感じる。

「えっと……以前僕が捕まえた医者と冒険者の二人のことを覚えていますか？」

「あいつらか……もちろん覚えているぞ？　そういえば、君にはあの時も……」

何やらまた居心地が悪くなりそうな気がしたので、ロイは支部長の言葉に被せるように強引に話を続ける。

「ええ、その二人のことなんですが……あの後、何か進展があったら、教えてもらえたりしませんか？　新しい情報が判明したかなーとか、気になってって」

その言葉に、支部長は少し不思議そうに首を傾げた。

そして。

「うん？　まあそのくらいならば構わないが……教えるも何も、今まさに移送中だからな。新しい情報が出るとしたら、本部に到着次第ということになるだろう」

「……そうですか。ありがとうございます」

それだけでいいのかと、支部長はまだ不安そうな顔のままであったが、ロイが求めていた情報は得られた。

もう謝罪も詫びも十分だと告げ、彼はそのまま部屋を後にする。

そうして廊下に出ると、そこには静寂が広がっていた。

珍しく今日は、ギルドの喧騒が遠い。

支部長の言葉を思い返しながら、ロイは思わず溜息を一つ吐き出した。

あの時……防壁の外で会った時、アリーヌは医者と冒険者が護送中に殺されたと言っていた。

すぐにロイを陥れる（おとしい）つもりであれば、そんな話をする必要はなかったはずである。

だから、気になったのだが……支部長の口ぶりでは、そもそもあの二人は殺されてなどはいない様子だ。

これはどういうことなのか。

アリーヌはロイを動揺させる目的で、襲撃者の存在をちらつかせたのだろうか？

「何らかの警告……ってのはちょっと考えすぎかな？　そんな風に解釈するのは甘いって言うべきかもしれないけど」

とはいえ、どれだけ考えたところで、最早その答えを得られる機会が訪れることはない。

ただ、一つ思い返すのは、あの時ロイが偶然耳にした彼女達の会話だ。

その会話とは、どうやら彼女達と同じようなことをしていた人達は他にもいて、さらには近いうちに何かが起こりそう……あるいは、起こそうとしているというもの。

まあ何が起ころのだとしても、それをどうにかするのは冒険者ギルドの、ひいては上位の冒険者の役目だ。

その話も支部長には伝えてあるし、新人冒険者がこれ以上考える必要などあるまい。

そんなことを考えながら冒険者ギルドを出たロイは、ふと空を見上げた。

青く澄み渡った辺境の空はどこまでも高く、街はいつもと変わらぬ活気に包まれていた。

普段通りの喧騒を耳にしつつ、ロイはふと苦笑する。本来彼は小難しいことを考えるタイプではないのに、何をらしくない……そう思ったからだ。

最近立て続けに色々な出来事があって、ちょっとだけナイーブになっていたのかもしれない。

「世はなべて事もなし、か」

呟きながら視線を戻せば、視界に広がるのはいつも通りの光景だ。しかし同時に、昨日と今日とでまったく同一というわけでもない。

そしてそれは、彼がここで過ごす日々にも同じことが言えた。

さて、明日はどんな一日になるのだろうか。

静かな田舎暮らしとはちょっと違うけれど、こういう賑やかな辺境も悪くない。

何より、この街には〝帰る場所〟があるのだから。

「そういえば、ちょっとお腹（なか）が減ったなぁ……」

いつも温かい笑顔で迎えてくれるセリア達母娘の顔を思い浮かべながら、ロイは宿を目指して歩き出すのであった。

あとがき

この度は文庫版『最強Fランク冒険者の気ままな辺境生活？1』をお読みいただき、誠にありがとうございます。作者の紅月シンです。

さて、本作は元々アルファポリスのＷｅｂサイトに掲載していた作品なのですが、実は私は、創作の際に一つのテーマを決めています。

それは、理不尽には理不尽を、という考え方です。理不尽な敵や理不尽な運命を、それ以上の理不尽でもって打ち破るといったイメージですね。これは単純に私がそういう種類の話が好きだからです。

基本的に私は、自分が読みたい作品を書こうと思いながら小説を執筆しています。そのため、必然的に自分が読みたくないようなエピソードは作中に取り入れない傾向があります。特に心掛けているのは、誰かが理不尽な目に遭い、その状況がしばらくの間続く、といったストーリー展開には陥らないようにしようという意識です。

この創作姿勢は、Ｗｅｂサイト上に掲載している他の作品群にも一貫して共通しています。

もちろん、主人公が様々な逆境を乗り越えることによって読者はカタルシスを得られるわけですが、生来、私はネガティブな話があまり得意ではないもので……。その手の作品に出会うと、どうも私は飛ばし気味に読んでしまいます。

とはいえ、物語の要素としてそれを完全に排除してしまうと味気なくなるのも確かです。

そこで私が書く作品では、なるべくその種のエピソードのボリュームは少なくしています。

理想としては、漫画などの一話目にあるようなドラマの流れです。ヒロインが理不尽な目に遭い、主人公が救う。そんな話を目指して本作は書かれました。

読者の皆様には、少しでもお楽しみいただけましたら幸いです。

なお、アルファポリスのＷｅｂサイトでは現在、コミカライズ版が公開中です。観月藍様による漫画は、話を追うごとにキャラクターの魅力が引き出され、どんどん面白くなっていきます。ストーリーの方も、観月藍様がご提案くださったアイデアが色々と盛り込まれているので、本作と比べてみると、新しい発見があるかもしれません。

是非とも、あわせてご覧ください。

最後になりますが、本作を手に取っていただいた読者の皆様、また出版にあたりご協力くださった関係者の方々に、深く御礼を申し上げます。

それでは、また次巻でお会い出来ることを祈っています。

二〇二一年六月　紅月シン

ゲート 自衛隊 彼の海にて、斯く戦えり GATE SEASON 2 1〜5

柳内たくみ 著
Yanai Takumi

1〜5巻 好評発売中！

文庫1〜2巻（各上・下）大好評発売中！

ゲート SEASON 2 1.抜錨編 GATE 自衛隊 彼の海にて、斯く戦えり 柳内たくみ

舞台は異世界の海！ゲート海自編、ついに開幕！
海上自衛隊VS異世界海賊＆海軍！
累計420万部！ 超スケールの自衛隊×異世界ファンタジー！

●各定価：660円（10%税込） ●Illustration：黒獅子

●各定価：1870円（10%税込）
●Illustration：Daisuke Izuka

ネットで人気爆発作品が続々文庫化!

アルファライト文庫 大好評発売中!!

鑑定で仲間の潜在能力を覚醒させ、亜空間倉庫で敵を両断…!?

サポートスキルもなぜか使い方次第で強力に!!

鑑定や亜空間倉庫がチートと言われてるけど、それだけで異世界は生きていけるのか 1~3

1~3巻 好評発売中!

はがき HAGAKI　illustration TYONE

規格外な二つのスキルを駆使して目指せ! 安定安心の異世界生活!

ある日突然、目が覚めたら異世界にいた青年、ヨシト=サカザキ。彼は、異世界に来ると同時に二つのスキルを得ていた。それは、『鑑定』と『亜空間倉庫』。残念ながら二つとも戦闘に使えそうなスキルではないため、ヨシトは魔物を狩る冒険者ではなく、荷物持ちのポーターとして生きていくことにしたのだが——。ネットで大人気の異世界最強サポートファンタジー、待望の文庫化!

文庫判　各定価:671円(10%税込)

アルファライト文庫

この作品に対する皆様のご意見・ご感想をお待ちしております。

おハガキ・お手紙は以下の宛先にお送りください。

【宛先】

〒150-6008 東京都渋谷区恵比寿 4-20-3 恵比寿ｶﾞｰﾃﾞﾝﾌﾟﾚｲｽﾀﾜｰ 8F
(株) アルファポリス 書籍感想係

メールフォームでのご意見・ご感想は右のQRコードから、
あるいは以下のワードで検索をかけてください。

ご感想はこちらから

アルファポリス 書籍の感想 検索

本書は、2020年1月当社より単行本として
刊行されたものを文庫化したものです。

最強(さいきょう)Fランク冒険者(ぼうけんしゃ)の気(き)ままな辺境生活(へんきょうせいかつ)？ 1

紅月シン（こうづき しん）

2021年 6月 30日初版発行

文庫編集－中野大樹／宮田可南子
編集長－太田鉄平
発行者－梶本雄介
発行所－株式会社アルファポリス
〒150-6008東京都渋谷区恵比寿4-20-3恵比寿ガーデンプレイスタワー8F
TEL 03-6277-1601（営業） 03-6277-1602（編集）
URL https://www.alphapolis.co.jp/
発売元－株式会社星雲社（共同出版社・流通責任出版社）
〒112-0005東京都文京区水道1-3-30
TEL 03-3868-3275
装丁・本文イラスト－ひづきみや
装丁デザイン－ansyyqdesign
印刷－株式会社暁印刷

価格はカバーに表示されてあります。

落丁乱丁の場合はアルファポリスまでご連絡ください。

送料は小社負担でお取り替えします。


ISBN978-4-434-28978-1 C0193